FUNDO

Beatriz Aquino

FUNDO

1ª edição, 2023, São Paulo

LARANJA ● ORIGINAL

"Sim, havia muitas coisas alegres misturadas ao sangue"
Clarice Lispector

Claro, claro, claro...

Seus pés batiam vigorosamente na água, tentavam projetar o corpo para a superfície. Tentava chegar até a luz que indicava o final da água, o começo do ar. A borda. A margem. Batia os pés vigorosamente. Mas nada. Tudo era mentira, mas uma mentira tão contundente, tão agarrada às suas fibras que se tornara verdade. Uma verdade emergida de uma mentira, uma mentira construída para fidelizar a verdade de dentro. Tudo o que ela era, tudo o que ela havia sido, sua verdade tão nua e frágil como um pássaro pequeno e quebrável, de pernas finas e ocas, um pássaro de verdade em meio a uma massa de agonia. Como era ela agora em meio à massa de água. Seus pulmões como o pássaro pequeno se quebravam em mil pedaços. Batia os pés vigorosamente em direção à luz. Batia. Mas nada. Não emergia. Queria ainda um grito. Um último testemunho do que vivera. Um murmúrio de vida que fosse. Não, não haveria nenhum culpado pela sua morte e isso era o que mais a preocupava. Ela que, no amplo, sufocava. Que era somente no compartimento minúsculo de si mesma que ela alongava-se, esquecia-se. Vasta, vasta. Vasta...

Mas não. Nada, nenhum compartimento a contia agora embora sua vida inteira tivesse sido feita de paredes. Paredes, pessoas, palavras. Vínculos, vínculos, afetos. Como um bunker, ela afundava, hermética, de ferro, inoxidável. Deixaria então que o mar a transformasse em mistério. Que ela fosse uma lenda, jamais esquecida. Melhor isso, ela pensou, melhor isso. E parou de bater os pés. Melhor isso do que viver uma vida estúpida e emergir. Emergir pra onde? Para os braços de quem? Não havia onde. Não havia quem. Não havia um tempo. Sim, ela havia perdido o tempo das coisas. O tempo de si mesma. Essa coisa de atrasar o relógio, de adiantar o passo, de viver somente em atalhos a deixara fora de órbita. Não reconhecia mais as rotas, não havia um satélite que a guiasse. Era tão perdida e tão pequena naquele mar tão grande. Ah, Ana! Ana, Ana! Uma voz gritava dentro dela, mas não era ela. Ana, por onde andas? Ana, pequena, pequena Ana. Desde que tua mãe te levava pela mão até o mar, você, infante e desavisada vestida de Iemanjá carregando as oferendas. Tantos pedidos, Ana. Tantos. A fé era um mistério tão doce e tão desejado. O mar. E agora você está no fundo dele, no peito dele, que batia tão forte! Os batimentos do mar. As ondas, as ondas. Os batimentos cardíacos do mar. Meu Deus, meu Deus, sou feliz. Sou feliz e sofro, e isso é um grande paradoxo humano. Eu sei.

Escuro, escuro, escuro...

De repente, acalmou-se. "Não há quem me tire de mim mesma", pensava. O mar agitava-se sobre ela, mas dentro dela, entre ela, a paz. Um vazio surdo, um silêncio morno, quase pecaminoso. Entrava em uma lascívia consigo mesma. Sentia sua pele, seus recônditos. Sentia, sentia. Meu Deus, é tão perigoso sentir. E para uma mulher então, que sentia em dobro, que sentia em três.

Olha, amanhã talvez meu corpo apareça boiando em uma praia, mas não serei eu. Não, não. De forma alguma. Não o cataloguem, não rezem por ele, não tenham piedade. Amanhã esse corpo inerte, metade comida de peixe, metade outra coisa, não serei eu. Ah, o humano é tão longe do humano! É um lugar tão alto ser. Eu fui tão fundo, tão fundo, tão fundo e mesmo assim não me encontrei. Porque descobri que não se encontra o que se é. O que existe não é para ser encontrado. É para ser. Para ser.

Nem para ser vivido, porque viver é percorrer um caminho e os caminhos cansam e te exigem um chegar. E enquanto se é não se chega a lugar nenhum. Apenas se é. É de todo inexplicável o que falo, eu sei, mas mesmo assim eu sinto. O mar, o mar, o mar e suas trezentas mil toneladas sobre mim. Meu corpo franzino esmagado, minha pele comida pelo sal, meus ossos finos como espinhas de peixe. Quebro, dobro. Ar, ar, ar...

Ah, deixe que hoje eu me entregue à água. Amanhã me encontrarão singela e cordata. Mas hoje eu quero a fúria de ser. Quero o mistério...

Eu sabia que entrar na água não era uma boa ideia. Sabia. O mar estava calmo, mas no ar um cheiro adocicado, um convite perigoso. E eu sempre amei o perigo. Embora sempre tivesse muito medo. É preciso de muita coragem para se lançar ao perigo mesmo morrendo de medo. Ah, e eu fui! Depois é um debater-se, é um gritar por vida. Mas no fundo, pedir o mistério. Parte de mim, essa parte superficial e estúpida, agita os braços e grita por vida. Outra parte, pequena e misteriosa, pesada e profunda, pede que eu fique, que afunde. O bunker. Os compartimentos agora se enchem de água. Tantas gavetas, tantas gavetas, é tão bom preenchê-las. Tantas perguntas e agora nenhuma, nenhuma. Nada. Que paz. Que paz. A água invade todos os compartimentos. Me sinto pesada e pacífica. Isso é bom.

O mar a consumia. O bunker ia cada vez mais pesado para o fundo, um fundo que ainda não existia, mas que se fazia a cada minuto. Meu Deus, meu Deus, quanta vezes eu disse Deus? Meu Deus, que perigo existir. É preciso inventar um Deus porque senão enlouquecemos. E isso é um risco grande. Por isso invento um Deus e uma reza. E penso em emergir. Digo para mim mesma que é melhor emergir, mas não quero. O dentro de dentro de dentro de mim não quer. Por que me arrastar assim tão pesada pela superfície? O bunker. Hermética, quebradiça. Depois mais uma vez a dor. A dor de estar mais uma vez sobre a superfície convivendo com seres humanos. Tão humanos quanto eu. E isso assusta. Melhor seriam as criaturas mitológicas do mar. Elas existem, não existem? Depois, pra quê tanta tentativa? Pra quê tentar e tentar e querer e querer se no fundo não se chega a nada? Nem mesmo dentro de si mesmo? Já que o si é um lugar que não se chega nunca? Já que é um lugar onde não se termina? Ah, mas o mundo pede que você viva. Tão sádico. E dizem que a vida é um presente. E é. Eu sei. Porque depois de emergir, o que sobra? Contar a história da quase morte. Reconhecer a vitória da vida. E arrastar-se pela superfície inventando um modo de contentar-se. Oh, eu não deveria ter mergulhado tanto. Não deveria. Uma mulher assim como eu que faz tantas perguntas não é alguém agradável. Nem confiável. Por que não fui cordata como minha mãe? Ou sensata como minhas irmãs? Teria agora um marido, talvez um par de filhos, uma manta para me cobrir os joelhos frios e cansados. Mas o futuro, ah o futuro de mulheres como eu é tão frio. Estarei sempre ao vento. Sempre ao norte de alguma coisa. Mesmo cansada e reumática, estarei remando. Mas isso não é tortura. É sede de vida. Medo de morrer por dentro. Por isso escavo com tanta força a minha superfície. Rasgo-a, rasgo a pele até que as unhas quebrem, para que não me envolva o manto da morte. Para que eu não esqueça que respiro. Para que eu não invente uma felicidade estúpida e a ela me apegue com ainda mais estupidez.

Enquanto afundo, enquanto morro, penso nos homens. Os homens e suas invenções mirabolantes. Nada sabem do amor e conquistam os ares com suas máquinas de ferro. Pobres, pobres, pobres... Pobres meninos. Machucam, ferem, açoitam. Fazem guerras, inventam armas. Querem a lua. Foram à lua? Mas não sabem nada do amor. E por Deus que sem amor não se vive. Não se vive. Os homens são crianças criadas para guerrear. Desde cedo suas mães colocam em suas mãos armaduras, ataduras e espadas. E dizem; "Vai, é teu o mundo. Luta por ele." Ah, se as mães soubessem educar os homens a não terem nada! É tão bom não ter nada. Não ter que lutar por nada. Imaginar que tudo é seu ou que nada é seu. Que diferença faz? Mas os homens fazem guerras. Conquistas. Constroem coliseus, torres e bombas atômicas. Maltratam mulheres, enganam mulheres. E depois voltam para os braços delas, cansados e atônitos do mundo. Pedindo colo e sabedoria. A sempre mãe.

Sim, deixe que hoje eu me entregue à água. Deixe que o depois me encontre depois. O agora é um tempo que não se mede. O agora é uma trilha longa e sem arestas. O agora é uma linha longa. É um estar de braços abertos para um horizonte sem fim. É isso.

Paro de bater os pés e me deixo afundar, meu corpo é como um míssil sonolento em direção ao abismo de água. Abro os olhos, saio de dentro, a penumbra da água, a longa cortina de água, tudo se movendo em câmera lenta, olho para as palmas das minhas mãos e vejo;

SANGUE

Aos onze anos não se sabe muita coisa. Aos quatorze, aos quinze também. É uma época perigosa. Meu pai era um homem distante. Frio, violento. Bebia. E entre tantos filhos ele tinha uma rixa comigo, havia a suspeita de eu ser filha de outro. Um talho profundo e doído na macheza daquele homem acostumado a resolver tudo e a ter tudo na marra. Passei a infância sentindo seu desprezo, querendo um abraço, um reconhecimento. Depois, para piorar, ainda fui crescer bem à revelia do que ele esperava. Lia, era articulada, inteligente. Um lembrete diário do outro. Um homem estudado, de boas relações. A mãe se desdobrava para pôr panos quentes. Mas a minha presença naquela família era uma bomba relógio. Um dia ia explodir. E explodiu.

Aos onze anos não se sabe muita coisa. Aos quatorze, aos quinze também. Embora pensemos que sim. Eu estava tomando banho de sol. Meu corpo ainda se formando, era uma coisa meio estranha. Meio criança, meio outra coisa, não sei. Mas ainda não era uma mulher. Onze anos. Eu estava tomando banho de sol. Minha mãe e minhas irmãs ao lado. Ele chegou, taciturno, silencioso, como sempre. Trazia sua garrafa de cachaça, a laranja que ele cortaria em várias fatias minúsculas e ficaria num canto sorvendo aquele líquido que me embrulhava o estômago desde muito pequena. Aquele cheiro era sinal de briga, de espancamento, o olho roxo da mãe, a mãe deitada no chão, os chutes. O rosto inchado por semanas. Aquele cheiro nunca trazia boa coisa. Muito silencioso ele. Tímido antes de beber, eufórico enquanto estava se embriagando e feroz quando bêbado. De vez em quando fazia uma pergunta sobre um ou outro membro da família. Tantos filhos ele tinha, mesmo separado fazia uma espécie de contabilidade da prole. As irmãs respondiam, a mãe respondia, todas ordeiras e obedientes. O medo. Comigo, como sempre, ele nunca falava. Mas nesse dia ele me olhou. Primeiro com certo espanto e estranhamento. Depois com curiosidade. Meu estômago gelou. Foi a primeira vez que ele me olhou. Eu tinha medo. E vontade que ele continuasse olhando. Seria aquilo amor? Meu pai. Sim, meu pai deveria me olhar. Fiquei hipnotizada. Ele me olhava. Meu estômago gelado. Minhas pernas tremiam. Ele me seguia com os olhos para onde quer que eu fosse. Eu não estava acostumada a ter atenção dele. Era novo. Era bom. Era confuso. Era assustador. Depois foi bem rápido. Na hora da sesta, todos dormiam, ele me chamou pra cama, me olhava, me olhava. Eu deitei ao lado dele. O cheiro. Aquele cheiro de violência que embalava minha infância. Eu queria entender aquele cheiro, saber por que dali saía tanta fúria. Era como entrar no meio de um furacão. Ah, o amor, meus amigos, é algo tão complexo. Até então, até ali, toda minha vida, toda minha referência de amor era dada por aqueles dois. Eles se amavam, trocavam juras de amor, dedicavam músicas um ao outro. Ela Roberto, ele Nelson Gonçalves. E diziam, que por muito se amarem é que viviam naquele inferno. Traições, brigas, espancamento, abandono, reconciliação, depois separação, depois reconciliação. E de novo e de novo. Quantas casas foram destruídas por ele? Muitas. Todas. Os móveis, a geladeira, a cama, uma pilha de destroços. Depois voltavam e tentavam remendar tudo, pintavam a casa nova com outras cores, apenas para levá-la à ruína como todas as anteriores. Destroços. Um monte de filhos, as crias assistindo àquele ballet estranho, aquela instalação grotesca. É infinitamente doloroso e cruel que os adultos exponham suas mazelas e atrocidades aos filhos. Ver a capacidade destrutiva de um ser humano assim à queima roupa, quando não se tem ainda nenhuma roupa, a roupa da vida, a roupa do crescer, é algo terrível. Devastador. Uma criança testemunhar um tapa, um soco, são imagens, são sons que nunca se esquece. Depois a reconciliação, o choro, o sexo. Numa casa pobre se ouve tudo. E o limite entre os corpos e os fluídos dos pais e dos filhos é pequeno. Todo mundo dormindo amontoado. Faltava tanta coisa. Faltava mesa, faltava cama, lençol, faltava espaço, faltava ar. Faltava paz.

 Onze anos. Aquele homem já tinha me tirado tanto. Eu sentiria náuseas com o cheiro de pinga pra sempre. Eu temeria os homens e os bares por toda a minha vida. Eu tremeria cada vez que passasse na frente de um deles. Ele já havia me tirado a esperança no amor, ou pior, ele havia me dado a falsa certeza de que o amor era uma coisa perigosa e doída. Esse homem me atrapalharia a vida de moça, o namoro, a vida conjugal. Esse homem já havia me tirado o riso fácil e espontâneo, a sensação da menina que abraça o pai, que dorme em segurança em seu colo. Mas ele ainda me tiraria mais.

Onze anos. Ele me chamou e eu deitei ao lado dele. Depois foi bem rápido. As mãos dele por toda parte. Eram rápidas, sabiam o que fazer. Falava em tom carinhoso, paternal. Descobria meu corpo. Estava satisfeito. Como se por eu ser uma coisa que havia nascido dele, o meu corpo fosse seu por direito. Avaliava tudo com um brilho no olhar como se dissesse; "Ah, muito bem, passou de ano." ou "Olhe, veja só que bonito desenho você fez." Só que era o meu corpo. Eu me revezava entre confusa e feliz. E assustada. Sempre. E esse susto iria me acompanhar até o final dos dias. Há algo de imbecil no desejo dos homens. Não apenas porque ele estava bêbado, mas porque ele parecia uma fera guiada. Uma fera guiada por outra fera que morava do lado de dentro. Ele obedecia. Eu olhava em seus olhos em busca de entendimento e o via imbecilizado, entregue, queria o gozo. Um modo de morrer aos poucos, talvez. De esquecer a vida miserável e órfã que tivera. E aquele tom amável, quase professoral era o que mais doía. "Então era aquilo o amor?", eu pensava. Ah, o amor é algo tão confuso, tão misterioso. Pode chegar de tantas maneiras. Mas claro que aquilo não era amor. Era só mais uma forma terrível que aquele homem tratava de destruir o termo pra mim. Em essência... Em essência ele era um bárbaro. E eu mais bárbara ainda por achar aquela atenção valiosa. Tem-se tão poucos nesses lugares. Encontra-se tão pouco entre os escombros que aceita-se o que te chega. Cause isso dor ou não. E causa.

Sangue. O buraco que ele deixou até hoje precisa de entulhos volumosos, de matéria-prima diária para preenchê-lo. Precisa de atenção diária para esses lugares soldados, essas juntas coladas às pressas. É assustador descobrir que todo o seu corpo, mesmo em fase adulta, é apenas uma maquete delicada alicerçada sobre o lamaçal da infância dada pelos pais, que por sua vez tiveram cimentadas, nas suas, outras bases. Que somos apenas maquetes.

Onze anos. Não se sabe muita coisa nessa idade. Não se sabe quase nada. Me revolvo na água, não posso me desesperar. Fecho os olhos e lembro.

A CASA

Ele lia um livro, concentrado. Franzia o cenho de vez em quando. Ela o observava, atônita, tímida, reservada. Sentia que dentro dela revoltavam-se os mares. De novo, como quase todas as tardes onde a paz lhe escapava pelas mãos, onde os dedos confusos tentavam agarrá-la, mas ela se ia. Então, ao invés de uma dona de casa e esposa feliz, ela era uma mulher que sofria. Por quê, não sabia. E sentia-se um ser abominável por sofrer dentro de um lar sem turbulências. E olhava para o seu homem. Odiava-o. Apesar de amá-lo muito. Observava as mãos dele sobre o livro. Ágeis, curiosas, os olhos sorvendo os pontos de exclamação da leitura. Desejava aquele homem, amava-o, odiava-o, tinha ternura. Todos os sentimentos controversos e inerentes àqueles que vivem sob o mesmo teto. Inquietava-se por dentro, o mar revolto pedindo calma, alguém que a velejasse.

Depois de alguns minutos, ele fechou o livro. Aprendera a sentir no ar o prenúncio de tempestade. Guardou o exemplar na estante, olhou-a com intensidade. "Vem aqui...", ele disse, entre terno e imperioso. Repousou as mãos sobre seus ombros. Ela pensou que as mãos dele eram tão grandes que elas poderiam parti-la ao meio se ele quisesse. Mas ele não queria. Seria mais fácil se quisesse. Mas ele não queria. Ele a abraçou com ternura. Beijou-lhe as têmporas, o pescoço, as mãos, levou-a até o quarto, tirou-lhe a roupa, em seus gestos uma espécie de liturgia. Era terno, decerto. Mas sabia que estava ali a serviço; acalmar a fera alada que se debatia dentro dela, não deixar que ela virasse éter, dominá-la, fustigá-la, para que ela aterrasse e se sentisse de novo carne; dolorida, comedida, saciada. Não compreendia aquela mulher. E não tinha intenção de compreendê-la. Era um homem pragmático. Amava-a, era tudo. Depois disso o rio correu para o lugar devido, vertia obediente. Acalmavam-se nelas as águas e ela era de novo um lago manso, refletindo, em sua superfície, a imagem dele. Mais seguro assim. Mais seguro. Com ele ela boiava. Não afundava. Ela adorava o corpo do marido. Que era como um monte austero, pontiagudo, de difícil acesso e escalada, mas que a acolhia sempre, a protegia, fazia sombra. Outras vezes tinha se interessado por outros corpos, atléticos, mais viscerais. Mas esses lhes impunham medo. Sabia da habilidade que possuíam em dilapidar riquezas, eviscerar mulheres, deixá-las expostas, sangrando, à deriva. Não era isso que a fazia feliz, não era isso que a fazia mulher. Procurava no corpo do outro um altar para seu espírito, lugar onde pudesse repousar aliviada de suas inquietudes, acomodar seus fantasmas. Como um jardim construído às pressas, um lugar onde ousaria inventar de ser feliz. Ou quase.

A ÁGUA

A água fechava os seus olhos como uma cortina macia e pesada. Ela voltava a pensar na casa. Passeava a lembrança pelas paredes, revia os quadros, a memória alisando as cortinas, a colcha da cama. A casa. Pensava por vezes em abandonar tudo, virar de novo um ser uniforme, sem tanta necessidade de osmose. Assustava-a ser tanto de alguém. Mas sabia do perigo de ser livre. Pois se ali, enlaçada àquele homem e àquele cotidiano sentia que morria aos poucos, por Deus, sabia que ser livre era também morrer aos poucos. Condição humana. Refugiava-se então nos livros, no jardim, nos pequenos afazeres, e até mesmo nos aborrecimentos corriqueiros que lhe davam a leve sensação de utilidade. E buscava-o. O homem. O marido. Enquanto ele era dela, enquanto ele estava nela, acalmava-se a angústia, domava--se a fera, cumpria-se a liturgia, era feito o ofício do existir.

Mas pensava em largar o marido. Animava-a mudar o curso do rio da vida a dois. A vida que ele tão solidamente construíra e que tinha certeza que duraria até o resto da vida. Até que um dos dois morresse. Amava-o. Mas pensava em deixá-lo apenas para ver mudar o curso de uma nascente, como um engenheiro caprichoso que pensava ser capaz de mudar o rumo da história, construir uma ponte, inventar novas civilizações.

Por que ela tinha essa necessidade de destruir as coisas fixas, ela não sabia. Talvez por que existir lhe doía de forma aguda. Ser era como um punhal instalado em sua garganta, cada vez que respirava, cortava-se, sentia-se desdobrada em várias, dentro de si várias, decompondo-se, reformulando-se, várias. Não sabia quem era e por isso mesmo tinha tanta certeza de si.

Viver assim tão atenta, de forma tão minuciosamente atenta, era perigoso, ela sabia, ela sentia, que por isso precisava de uma âncora. Ah, ela livre e sozinha! Quanta coisa podia acontecer! Quanta beleza, quanto perigo. Quanta tragédia. Não. Ela não largaria o marido.

Os dias passavam. Sentia-se culpada por ter uma vida tão boa, tão sem sobressaltos. As manhãs laboriosas, as tardes no parque, a fidelidade do cão, os dias de sol. Temia sempre que algo acontecesse, embora esse temor fosse pequeno, tamanha era sua arrogância em saber-se venturosa. Culpava-se por não ter o mesmo destino trágico de tantos, por ter o rosto tão diferente e distante daqueles que via nos noticiários. Sentia-se comendo colheradas a mais da vida, como se não merecesse a existência farta. Apequenava-se naquele lugar tão alto, gostava que lhe sobrasse espaço, de sentir-se pequena, buscando alcance, maravilhava-a o eco.

O mar se agita sobre sua cabeça. Ela abre os olhos. Não quer a morte, embora a deseje. Faz um esforço, pede pela memória. Sim, ela lembra: ela no parque.

"Agora a sua piedade a abrangia também e ela via os dois juntos, coitados e infantis. Os dois iam morrer..." O cão salta mais uma vez, precipita-se sobre um passante no parque, interrompendo sua leitura. Ela se irrita com a infantilidade dele, a sua necessidade constante em fazer contato, em agradar e ser agradado. Por causa dele, por causa do cão, quando estavam na rua, ela era obrigada a cumprimentar as pessoas mais improváveis, o que lhe pesava, pois nem sempre ela se sentia simpática ou acessível. E tinha que iniciar um colóquio, "Que raça ele é?", "Ah, é tão bonito", "Sim, ele é grande e pesado, pode machucar", "Sim, claro. Ele é bonzinho", ela respondia. Às vezes fazia com gosto, mas por outras, principalmente quando estava no meio de leituras do tipo: "Agora a sua piedade a abrangia..." isso a aborrecia muito. Ter que interromper seu mergulho, o momento em que alisava a parte de dentro de si para cuidar do cão, cuidar para que ele não machucasse alguém, fizesse cair, com sua impetuosidade abrupta, uma criança. Achava inútil aquela guerra, ela tentando educar o cão, o cão tentando alegrá--la. Ninguém venceria. Os dois também morreriam. Velhos e infantis. Ela com seus livros, o cão provavelmente antes dela, já cansado das brincadeiras, extenuado, talvez com uma artrose, era um cão grande, ou um problema no quadril, era um cão grande. E ela morreria entre os livros, também reclamando dos ossos. E lembraria do cão. Sua imagem refletida por uma lente bonita e luminosa, ele saltitando ao sol, os dias felizes. Ela só lembraria deles.

Gostava de ir ao parque para ler. Ali deitava-se, lia, lia, lia. Aprofundava-se. E escrevia. Mas tinha preguiça de escrever e preferia pensar. Às vezes tinha uma ideia fulminante, quase brilhante, mas tinha cansaço de escrevê-la. Porque a escrita para ela era algo tão intuitivo, tão instintivo, algo que vinha como um bloco, uma espécie de explosão compactada, inútil decifrá-la, colocá-la em frases, acertar as sílabas, acertar a crase, inútil. A dislexia galopante que carregava deixava tudo mais árduo. Era um martírio encontrar a palavra certa para o que sentia.

Voltou à leitura. O cão cansado, sentado ao seu lado, olhava o horizonte naquela respiração compassada e sonora. Achou-o bonito. Sentiu uma onda de ternura. Sempre achou bonito os cães olhando o horizonte. Mas ele assim tão perto também a irritava. Assim como a irritava tudo que estivesse muito perto dela. Tudo que estivesse perto dela por um determinado tempo a irritava. Os namorados, o marido, os familiares. Com o tempo, ela foi ficando cada vez mais singular, mais difícil de ser conjugada. Sua casa, seus livros, suas plantas, agora poucas por causa do cão que as destruía, outro hábito irritante dele. Pensou em trocar o cão pelas plantas, mas as plantas não falavam e não a irritavam, só morriam caladas, ressecadas e ressentidas, passivas. Num testemunho mudo de que eram negligenciadas. Mas o cão era uma promessa de alegria e de aborrecimento, como a vida. Talvez o cão fosse o seu último resquício de civilidade, seu último contato com o externo. "Depois desse, nenhum outro", repetiu para si. E voltou à leitura.

Vinte minutos depois, notou que nada mudara muito. Nem a tarde, nem o livro, nem ela. A tarde estava fechada. O cachorro arfava violentamente após outra corrida pela grama. O céu estava fechado. Mas podia sentir que a quilómetros de distância acima, o sol brilhava. Mas sua luz filtrada pelas nuvens era uma luz estranha e cinza, que dava a tudo uma aparência de aquário. O ar estático, parecia que a tarde sufocava. Os mosquitos a picavam, não sentia calor, nem frio, não era agradável, e ela continuava insistindo na leitura, na insistência de ser, de entender um pouco a vida. "Que raios! Por que não se apegava a alguma estupidez singela e vivia com aquilo pro resto da vida? Tanta gente vivia assim", ela pensava. Mas ela não. Gostava do avesso. Revirava-se, cavava nos recônditos da existência para entender o sentido da vida. Quem é que dava conta disso?

Voltaria pra casa, decidira. O peito oprimido, cansada. Voltaria pra casa, tomaria um banho, alimentaria o cão e escreveria seus pensamentos. Era imperioso narrar sua existência, dissecá-la, desmembrá-la e expô-la. Escreveria as poucas linhas diárias, o que lhe daria algum alento, algum repouso, adiaria a implosão. Odiava o fato de ser tão destacada, tão à deriva de todo o resto. Mas sabia; até que terminasse o livro permaneceria assim, leve e obscura, irônica, intragável. A mulher.

Os dias passavam.

A DECISÃO

Foi então que numa dessas tardes em que a luz entrava de um modo bonito pela janela da cozinha, ela começou a tramar a morte do marido. Seria indolor, claro. Ele era um homem bom. Mas por Deus que era necessário que alguma tragédia acontecesse para que ela saísse de dentro de si. Algo que a tomasse por completo e interrompesse aquela constante sensação de implosão em câmera lenta, de decomposição a que sua vida a submetia. Doía-lhe pensar nele morrendo, mas alegrava-a pensar nele morto. Ele morto se tornaria quase um santo. Seu rosto nas fotos traria sempre doçura e dignidade. Ele morto não corria o risco de desapontá-la, de transformá-la em um ser amargurado e triste. Ou vazio. Ela tinha pavor de se transformar em um desses vasos vazios que se arrastam pelas ruas, nessas mulheres de andar esquálido e gesto preguiçoso que percorrem as lojas de eletrodomésticos em busca de uma liquidação. Não. Ele morto seria um Deus. E ela teria a quem adorar. Um homem perfeito. Que fora dela um dia, de carne e osso, dela. Mas que agora seria um espectro a lhe proteger o resto da existência. Ela viúva e condoída andando pelas ruas, cumprimentando as pessoas no supermercado, na fila do banco. Consternada e sóbria. Silenciosa e resignada. Isso ela podia aceitar. Seria uma missão. Mas ser uma mulher apenas. Ser apenas uma mulher que pertencia a um homem e que o desejava com tanta força e ternura, isso era insuportável. Porque quando se está feliz se está a dois centímetros do precipício. Quando se está feliz e tudo está bem é que as dores estão te acenando do fundo, os fantasmas confabulando, a morte tamborilando os dedos, preparando seu sorteio sórdido. Ah não, essa espera era pior que o fato. Preferia ela mesma construir a própria ruína, arquitetar a própria tragédia e escrever sua própria história do que ver sua felicidade ondulando sobre a gangorra cruel da vida.

Levantou-se ágil da cadeira, pegou o bule e levou-o até a torneira, preparava o café. Estava decidido. Ele morreria então. Ainda jovem e bonito para que ela o adorasse de outro modo. Outro que não esse. Que não esse.

A FÁBULA

Ajeitou o vestido no busto, odiava tomara-que-caia. Não gostava de exibir seus braços finos. Olhou à sua volta, o céu de São Paulo cinza, as árvores estáticas, a mesma sensação de aquário, nada respirava. Um homem de meia idade segurava o seu braço, tentava lhe passar conforto. Ele tinha os mesmos olhos de alguém que ela conhecia, mas que naquele momento não lembrava. Ah sim, ele tinha os olhos do rapaz que a esperava no altar, o homem que segurava o seu braço era o seu sogro. As portas da Igreja haviam se fechado após a entrada dos padrinhos e agora esperavam a entrada da noiva. E as portas se abririam novamente. Um trio de homens vestido de terno preto com franjas douradas ajustaram suas trombetas, ela sentiu as pernas falharem. Pra quê anunciar assim a sua chegada? Ah sim, ela estava vestida de branco, o vestido amplo como um bolo de glacê derretido refletindo a estupidez daquela tarde cinza. Olhou para o piso da igreja: cimento, cinza. Embaixo da massa de tule, viu a ponta de um sapato, também branco, lembrou que por baixo do vestido usava meias brancas e lingerie branca. "Meu Deus, como é que eu fui fazer tudo isso?" O circo. As trombetas anunciavam sua entrada. Todos esperavam que ela entrasse e confirmasse a fábula; seria feliz. Ah, em que grande mistério mora a fragilidade humana. Muito além das liturgias e rituais, jaz a perplexidade com nossa incapacidade em compreender as coisas. Por isso os entulhos. A histeria coletiva, alguém tem que fazer de conta, alguém tem que acreditar e construir a maquete de uma vida inventada às pressas para dar conta do espaço que sobra no peito. A igreja, a casa, o carro, os filhos. É assim que tem sido feito, não reclame, não mude o curso do rio, não embote a pouca luz que entra, não deixe que o escuro te abrace. Respire. Ou não respire. Mas siga. Sua mãe, sua sogra, sua cunhada, as amigas do escritório, o contador esquálido e solitário, a tia ressentida, todos esperam que você cumpra a sua parte. Não, não invente outro modo, é muito complicado o outro modo. O outro modo faz com que você afunde. Assim, caminhando pela nave da Igreja, nesse corredor enfeitado de flores e olhos ansiosos, você boia, não afunda, não vê que é a melhor coisa a ser feita?

 A cerimônia foi demorada e ela viu tudo em multicores, como quando se aperta os olhos com as mãos e miríades de cores explodem do lado de dentro em estranhos arabescos. O rapaz segurava a sua mão enquanto o homem também de branco falava. Depois muitas pessoas a abraçaram. Não se lembrava da festa, foi tudo rápido. O recém marido, bêbado, também tentando não afundar. Ele correndo atrás dela em volta da cama, o hotel de luxo, a viagem de lua mel para o dia seguinte, ele correndo atrás dela em volta da cama como um animal em dia de caça, os olhos brilhando com a visão da cinta-liga branca, tudo branco. Era preciso lhe dar a ideia de desbravamento, eles que já haviam transado tantas vezes por sete anos. Não eram felizes, não eram cúmplices, apenas cumpriam o ritual sublimemente imposto. Tinham medo de afundar. A água.

Ele irritou-se com os botões delicados do vestido caro e desistiu da empreitada. Desabotoou o colete, afrouxou a gravata volumosa — ele também sufocava — ficou em pé na cama e revirando os olhos bateu com os punhos no peito; "Agora, você é minha! Minha!" E caiu na cama como um boneco desconjuntado. Ele tinha apenas vinte e cinco anos, o cheiro de bebida que vinha dele lembrou-a do pai. Ele tinha vinte e cinco anos e jamais havia mergulhado na vida. Ela olhou para a janela ampla do hotel de luxo, as luzes bruxuleantes da marginal paulistana eram como velas de pequenas procissões anônimas. Quantos outros bêbados haveria por essas ruas, ou quantas mulher haviam casado naquele dia? No buffet de renome, seus convidados ainda bebiam e dançavam animados. O agora marido ressonava alto ao seu lado, na mesma posição esdrúxula. Ela recostou-se na cama, tirou com calma os trezentos grampos que sustentavam seu penteado. As luzes dançavam lá fora. Ela pensou que sim, os botões delicados do vestido eram irritantes, e dormiu.

O RIO

Caminhava sobre o leito de um rio. Um rio seco. Assustava-se pois já havia visitado o mesmo rio, nadado ali. Lembrava-se da água, do espaço que ela impunha entre ela e os homens. Agora nada, apenas terra seca, galhos contorcidos. Ela não entendia aquilo e caminhava à procura de uma resposta. Afinal havia vindo de longe para banhar-se naquelas águas. Ao seu lado, uma mulher também caminhava e fazia a mesma pergunta, a mesma busca. Tentou decifrar-lhe o rosto, seria sua mãe? Não. Tão desconhecida... A mulher falava com ela, em distância segura, ela não conseguia definir o que ela dizia, parecia guiá-la, ou querer interrompê-la na busca. Inútil, ela caminhava, a areia seca sob seus pés, os galhos retorcidos, ela caminhava. De repente um estrondo abriu um talho no silêncio daquela tarde. Ela olhou pra trás e viu uma massa de água vindo em sua direção. Como uma serpente transparente e alucinada. Lembrou de gritar, sua voz abafada pelo grosso volume, mil decibéis sobre sua cabeça, era feroz a fome daquela natureza. Notou que seu corpo girava sobre si mesmo fazendo redemoinhos na água, seu corpo misturado aos galhos retorcidos, agora hidratados, tudo se revolvia, a areia agora prenhe, milhares de partículas, um horizonte turvo, feroz. Nada daquilo lembrava um aquário. Era amplo e poderoso. Uma explosão. Depois a calma, o silêncio, e então ela viu a luz, sentiu que precisava ir ao encontro dela, na luz era onde o ar existia, o ar. Cedeu ao instinto, nadou até ela. Por vezes pensava que havia chegado, que poderia enfim abrir a boca e respirar, mas não, a luz ainda continuava distante, como um pequeno foco flutuante. Na água a imagem se desdobra, dança, não é fixa, palpável. Achou que nunca conseguiria chegar até o topo daquela montanha flutuante, tão fundo estava. Mas chegou. Chegou à margem daquele rio. Depois lembrou que conversava com pessoas, narrava o acontecido, o fenômeno do rio seco e depois inundado, a água guardada em algum lugar, esperando, à espreita como uma serpente de fogo para apertar os pulmões dos passantes, transparente, volumosa, imensa. Lembrou de ver seu cachorro farejando a lama, ele estava molhado, cavava, procurava, procurava, estava tão bonito em sua aflição. Procurava por ela? Tentou falar com ele, mas ele não registrava sua presença. Pensou também que as pessoas com quem falava eram como seres distantes, sem rostos definidos, como o daquela mulher que lhe acompanhava a caminhada no leito do rio. Era como se ela assistisse a um noticiário sem áudio, uma tarde vista de longe. Não interagiam com ela, evitavam-na. Ela que andou sobre o leito de um rio seco, ela que buscou a água.

NO MAR

A água entrava pelos ouvidos deixando-a surda e sonolenta. Ela abriu os olhos, ainda não queria o fim. Mas gostava do início do fim. Observava a vida dentro d'água, aquela realidade dançante, tudo tão vivo e tão prestes a morrer. Gostava da luz filtrada pela água que não lhe feria os olhos. Ah, como estou cega! Ah, como vejo! Sentia que afundava, ou que na verdade as paredes de água salgada cresciam, cresciam, e ela ia ficando pequena, tão vasto era aquele mundo. Sentia a hora próxima, chegava perto da verdade de si mesma, roçava os dedos nela, sentia o seu cheiro, a verdade. Mas temia encontrar o estopim de tudo, percorrer de novo o caminho de pólvora, passear pelos trilhos de sua vida, agora como espectadora. Não é verdade que a vida passa diante dos nossos olhos nos minutos que antecedem a morte. Nós é que corremos pra dentro, nos embrenhamos na mata do peito, vasculhando tudo, querendo um sentido. Porque o antes não explica o depois e isso dói. E o agora é um caminho cujas paisagem desconhecemos.

Líquido, líquido, líquido...

Ela queria dormir. De que mais se lembrava? Ah sim, uma mulher. Uma mulher andava pelas ruas da Île de Saint-Louis, o sol brilhando sobre ela, a melodia dos músicos au bord du Seine, era quase verão em Paris e ela se sentia mágica e protegida pelo sorriso dos deuses. Era jovem, bonita, amava. Era amada. Ia ao encontro de seu homem, um homem também jovem e bonito, andariam pelas ruas da cidade, atravessariam bairros em bicicleta, se beijariam em ruelas, fariam amor no escuro de seu pequeno quarto em plena Rue de Rivoli e depois tomariam café, exaustos e ainda eletrizados pela beleza que partilhavam. Ah, um homem doce e honesto! Decente, inteligente. Tudo fluía para o sempre. Eles imitariam os pais dele; a mãe, professora de filosofia, o pai, professor de história, ambos acadêmicos compartilhando músicas e livros no coração da Bretanha. Ela aprenderia a fazer crepes e a enfrentar o mar bravio. E amaria o seu homem todas as noites.

Sim, tudo isso certamente se daria não fosse ela com sua mania de apneia, com seu hábito de se isolar das coisas, de se jogar contra o muro, de descer de veículos em pleno movimento, de se permeabilizar até ficar pesada e suja, suja de palavras, até afundar e ficar só. Só onde sua voz não gritava e as perguntas faziam fila. Só com seus corredores e abismos. Só, longe de braços fortes que a mantivessem, que a amparassem, que a lembrassem que ela estava viva. Mas ela gostava de morrer, ou de quase morrer, que era quando se sentia mais pulsante. No resto se sentia como uma impostora, vivendo, sorrindo, sendo. Era um perigo ser, ela sabia. Necessário então indagar o ser. Mergulhar no fundo, abrir as comportas, as cortinas, deixar a água entrar. A água.

— A quoi tu pense? — Xavier interrompe seus pensamentos. Os dois sentados num café. Seus grandes olhos marrons e curiosos, seus cabelos em desalinho como um marinheiro em pleno mar. Ele era tão bonito!

— A rien e a tout... — ela responde com o ar descompromissado dos franceses que havia casado também com o dela. Essa coisa de dizer que não estavam dentro, sendo que na verdade estavam sempre dentro. Os franceses filosofavam sempre, mesmo quando brincavam, ou eram ríspidos. Inteligentes.

Ele respeitou o silêncio dela. Outra característica adorável daquela gente. Não eram curiosos ao extremo, não se esmeravam em agradar, ou perscrutar as gavetas do peito de ninguém. Sabiam que cada um guardava o seu mistério, que zelavam dentro de si uma fera intocada e que era melhor deixá-la ali.

Ela estica a mão para alcançar a dele e volta a atenção para o livro. Ele aperta suavemente a ponta de seus dedos e se volta para a paisagem frenética da rua, os passantes, a paz. Os dois juntos, mas cada um em seu mundo, a paz. Depois voltariam para o apartamento minúsculo dela no centro de Paris ou para os dois quartos dele nos arredores da cidade. Nos dois brincariam e ririam, veriam filmes e cozinhariam. Nos dois fariam amor. Depois viria o inverno e ela entraria numa espécie de melancolia desejada. Ele atarefado com o trabalho, tentaria consolá-la, animá-la, ela que vinha dos trópicos. A neve do lado de fora feriria os olhos dela, o céu de um cinza-claro e pesado, o branco por toda parte, ela andaria com cuidado pela rua, como uma velha matrona prestes a desmoronar, não pisaria no chão com firmeza, perderia o brio, teria medo e frio. E precisaria mais dele, do corpo dele, grande, quente e branco, branco como todo o resto. Fariam amor mais vezes, a maioria delas durante o dia, ela o deixaria exausto, seriam como duas pedras em fricção em busca da faísca, da chama, ela queria a chama; o morno da primavera, o calor do verão, as flores, os quadros e as cores explodindo pelas ruas de Montmartre. Ela queria a apoteose das coisas, ela que era de personalidade histérica, lhe havia dito um psicanalista do norte da França, mas não histérica de modo estridente, uma histeria de querer a explosão das coisas sempre, "um tsunami", um amigo de Xavier diria sobre ela, um tsunami, embora fosse calma e agradável e até mesmo engraçada boa parte do tempo, um tsunami. Mas sim ela queria o sol das coisas, mas quando dentro dele, abraçada pelo sol da sua personalidade, ela logo buscava o refúgio na sombra, o frescor de uma companhia confiável. E então adormecia nos braços de seu homem, chamuscada, cega, cheia de ternura.

Sim, era quase certo que tudo se desse do modo certo, o amor deles foi certeiro desde o início, inteligentes, sagazes, generosos, bonitos, queriam a vida. Não fosse ela e sua qualidade de bunker, não fosse ela e sua pele nascida para o combate, não fosse ela e seus olhos cheios de guerra. Ele foi o homem que chegou mais perto de domá-la, de apaziguá-la, porque era inteligente, intrigante, mas calmo, não tinha necessidade de aplauso, era de uma praticidade cirúrgica, amava a vida, sabia manejar a tempestade dela, e fazia amor com ela de um jeito terno e imperioso, levava-a para lugares altos, observava com ternura a sua queda, ela agarrando-se a ele, dizendo o seu nome repetidas vezes, o gozo. Ele sabia ampará-la, acalmar as batidas do seu coração, deixá-la saciada e serena, e o melhor, sabia mantê-la sempre com fome, justamente porque ele não se esforçava para isso, apesar de ser dela, ele pertencia antes a ele mesmo. E isso a fascinava, a torre. Ela gostava de escaladas. Mas ele não era inacessível, era apenas alto, porque ela também era alta. Porque são altas as coisas do amor.

Mas não foi uma surpresa quando tudo terminou, ela com sua sede de explosão colocara fogo em tudo, minara a resistência dele, fustigara suas certezas, desafiara sua intelectualidade prática, os anos de Liceu. Queria a cegueira do instinto, a entrega sem cuidados, a destruição. Claro que ele não resistiu. Machucado e ferido, afastou-se como quem se afasta do fogo, ainda fascinado por ele, mas amando a própria pele em primeiro lugar. Aquilo deixou uma marca nela, grande, profunda, imensa. Acredita-se que a partir desse acontecimento, a partir da água que entrou nesse talho é que ela começou a ficar mais funda, mais densa e escura. Uma mata crescia dentro dela, uma vegetação fértil e resistente, como um bacilo que lhe invadia as vias respiratórias. Ah, ela era o que era! Que se danem as fábulas e os afetos possíveis! Me deixem, eu que naufrago e vou para o dentro de todas as coisas. Eu que me afogo. Eu que nado. O amor é um lugar tão alto.

FOME

Movia os braços com leveza, agitava a corrente para tentar ouvir a vibração. Não, não eram os mesmos barulhos da infância quando brincava com o irmão na água rasa, o som ali era sussurrado e trágico. Ela afundava. Ninguém lhe salvaria e isso era o que mais a preocupava. Movia os braços, era tudo tão leve e perigoso. Sentia-se bonita, sabia-se bonita, sua pele mudando de cor, seus cabelos molhados dançando sobre sua cabeça, seus pés pequenos e magros não tocando nada, tudo flutuava, tudo flutuava. De que mais se lembrava?

Sim, os tempos de escola, o primeiro beijo, a primeira lágrima, o pai com suas mãos de ferro, sua língua quente, o sexo do primeiro namorado entre suas mãos, o calor entre suas pernas, as mãos imensas do homem que viria a amar com tanto risco. Quando se cai, a impressão é que não se vai parar de cair nunca. E a gravidade faz algo curioso com seu corpo, como naquele momento de descida de uma montanha russa, aquele frio na barriga, só que na água o seu corpo inteiro está gelado e suspenso e aquele instante rápido dura, dura, dura até que você inteira esteja fria e leve, até que o perigo da queda te leve pra dentro. Acho que todas as pessoas que caem dos prédios morrem antes da queda, voltam pra dentro de suas caixas, se transportam para outro lugar. E as que se jogam não é a dor que procuram, mas a queda, a sensação de poder sair do corpo e ir para outro lugar. Lembro de ter saído assim do corpo algumas vezes enquanto criança.

A fome é uma coisa terrível. Além de te tirar a vitalidade do corpo, também corrompe os alicerces da alma. Lembro de quando menina visitar com frequência a mercearia do vizinho, um velho ranzinza e rouco. Eu perguntava o preço das coisas, sabia que não poderia comprar nada, mas durante o tempo que existia entre o fim da minha pergunta e o começo da resposta dele, eu experimentava uma pequena sensação de triunfo, como se algo fosse realmente acontecer e eu pudesse levar pra casa as sacolas cheias de mantimentos. Depois de algumas semanas o homem entediou-se do meu jogo, nos meus olhos via o vazio da falta, a loucura que acomete a pele daqueles que convalescem pela escassez. Me ofereceu um pacote de bolachas. Passei a voltar todos os dias, escondia nos bolsos as sobras para levar para os irmãos. Aquelas manhãs mágicas e doloridas onde eu acalentava a fera de dentro, mas alimentava outras de fora. Sentada no colo do homem, eu comia, enchia de vitalidade o corpo quase em desmaio, a língua sorvendo a massa mole daquilo que eu mastigava com tanto desespero. Temia que aquela hora acabasse, queria que aquela hora acabasse. O homem gemendo às minhas costas, depois as pernas marcadas por filetes de sangue, a volta pra casa. Que mundo estranho aquele.

O CÁRCERE

De dentro de uma cela não se enxerga muita coisa. As grades, as paredes, os muros, o silêncio ou o excesso de barulho é todo o estímulo que se pode ter. O rosto das outras pessoas presas também. E não há espelhos. O outro é o seu único reflexo. De dentro de uma cela não se enxerga muita coisa. Mas fica--se muito perto da própria pele, sente-se a própria respiração. Pode-se pegar com a mão o próprio medo, cortá-lo com uma faca e servi-lo à pessoa mais próxima, ou engoli-lo inteiro, demoradamente. Ou às pressas. É estranho comer a própria carne. Mas numa prisão, nunca você foi tão necessário a você. Os limites se estreitam, você não tem casa, sua roupa é emprestada, seus sapatos não têm cadarços, você não sabe como está o seu cabelo, sobra apenas a sua pele, ela é o limite. E numa prisão é que você se dá conta do quanto ela é fina, do quanto seus órgãos latejam por dentro, vulneráveis ao corte, pois a qualquer momento alguém pode reivindicar um deles.

Dentro da água lembrou o primeiro banho depois de semanas em uma cela sem chuveiro e sem luz, a água quente caindo no corpo, a carne achando aquilo inédito. Esquecemos tão rápido nossas civilidades. Uma cortina puída lhe separava do resto da cela, o banheiro que se constituía em um buraco no chão para as fezes, um chuveiro improvisado no teto, os fios contorcidos à mostra. Logo em seguida, a dois centímetros do mofo da cortina puída, a cozinha, também improvisada, ali onde requentavam as marmitas, tiravam o azedo do arroz, as bitucas de cigarro que vinham dentro do cozido, ferviam o que te faria vomitar por semanas, e comia-se. Porque tinha-se muita fome.

A poucos centímetros dela, outros corpos também amedrontados, por dentro de suas peles talvez mais endurecidas, outros órgãos latejantes e enfurecidos. Na prisão os minutos de abstração valem ouro, vê-se então a importância de dentro, a tua relação com a tua mente, tua habilidade em organizar o pânico, de prever perigos, e de sobretudo, não ceder ao desespero de imaginar que ficará ali pra sempre. Um ano, dois anos, cinco, quinze, trinta e dois. Uma vida inteira. É preciso ter esperança, mas não deixar que a esperança te torne um imbecil completo. É preciso ter fé, mas não deixar que a fé te torne burro. É preciso ter inteligência para domar a fera de dentro, para que ela não se precipite sobre o outro ao menor sinal de perigo, para que ela não faça calar outros órgãos, para que não perfure outras peles. Mas a fera precisa também ser tonificada, estar atenta. É um equilíbrio constante entre o abismo da tragédia e a planície da depressão e da apatia, o que te tornaria um alvo fácil. Numa prisão a morte mora em cada ondulação da parede, em cada rosto que dorme ao seu lado, tudo é muito perto, você está muito perto de você mesmo. E isso é muito perigoso.

Foi numa dessas tardes em que o sol entrava de maneira bonita pela porta da cozinha que ela tramou a morte do próprio marido. Levou o bule até a torneira, encheu-o até metade, faria o café, estava resolvido. Ele morreria.

O marido chegou do trabalho, o rosto ainda tenso do trajeto, não gostava do trânsito, da agitação da rua, chegava monossilábico, respondendo de modo objetivo às perguntas dela, concentrado que estava em seu ritual de chegada; as chaves na bandeja do console, os sapatos sujos na área de serviço, a roupa no cesto, depois o longo banho, se fosse o dia certo da semana, cortava as unhas dos pés e das mãos, os restos delas sobre a toalha de banho que sacudia cuidadosamente no cesto de lixo do banheiro. Então vestia uma roupa confortável, os cabelos ainda molhados, deitava-se no sofá e finalmente um sorriso. "Passou bem o dia?", ele perguntava, os olhos acesos e curiosos, era uma criança se preparando para o que considerava a melhor hora do seu dia. Ficar com sua esposa. Ririam, fariam contas, jantariam, assistiriam juntos ao programa predileto, ou ele veria o jogo sozinho enquanto ela bordava na sala ao lado, se fosse quarta-feira. Depois, alongados no sofá, engalfinhados como dois gatos, se observariam, se tocariam, se cheirariam, como se certificassem que tudo ainda estava ali, e ao mesmo tempo, os olhos investigativos tentando descobrir a fonte do encanto que os unia, "Que ser é esse que me prende?", se perguntariam decerto. E se a ternura estivesse passando do limite, pois era preciso dosá-la para não correrem o risco do ridículo, eles inventariam algo, para não se pegarem de surpresa em posições desconfortáveis, as faces demasiadamente descontraídas, temiam flagrar no outro a mediocridade humana da qual também eram vítimas, guardavam o então mistério, bordavam o que sentiam, e colocavam esse sentimento no lugar mais alto, fora do alcance de suas mãos em horas desastrosas.

Faziam sexo com frequência, embora não carregassem mais a pressa de antes. Já não se testavam. O casamento lhes dava o certificado de constância, embora soubessem do risco das grandes e sobretudo, das pequenas certezas. Por isso por vezes se procuravam sem vontade, apenas para instigar o instinto, apagar qualquer traço de irmandade que ousasse se instalar entre eles. Eram então vorazes, animalescos e riam, extenuados do exercício de construir aquele edifício a dois chamado casamento. Ela também se inquietava e de modo estratégico, mudava os móveis de lugar, inventava cores, novos pratos, desafiando o conforto caso este se prolongasse demasiadamente na casa, arquitetava pequenas tragédias cotidianas, conflitos facilmente solucionáveis, apenas para que ele a salvasse ou a ajudasse a resolvê-los. Eram atentos e silenciosos no cuidar do que tinham, quase mesquinhos na manutenção daquele pequeno tesouro.

O fato é que levavam uma vida boa. Era claro na cidade pequena em que moravam que haviam feito a melhor escolha. Não havia ninguém que fosse melhor para ela do que ele. E vice e versa. Saíam para visitar amigos, acompanhá-los em festas, ocasião em que confirmavam suas certezas, eles eram o que havia de mais interessante e atraente para o outro. E voltavam pra casa satisfeitos, riam das pessoas sem tecer comentários e faziam amor com mais vontade. Não tinham filhos e era improvável que os tivessem um dia, tão concentrados que eram na unidade que construíam.

Para Marcelo era tudo mais simples, pragmático que era. Sabia da sorte que tinha, a saúde sólida, a empresa herdada do pai, a casa ampla, mas sem artifícios, os amigos. Não colecionava culpas ou grandes questionamentos, considerava os pensamentos coisas supervalorizadas, na maioria das vezes inúteis, como teias de aranha a crescerem desordenadamente e em lugares mais indesejáveis, para logo depois se dissiparem ao menor toque, rasgarem-se ao menor sopro de vento, à menor intervenção da realidade. Era um homem prático, experimentara um ou outro exotismo quando jovem, mas sabia que seu caminho seria reto, sem grandes curvas, gostava da estrada, mas precisava saber para onde ia. Gostava de saber-se vivendo uma existência simples, sem grandes sobressaltos. Sua única extravagância era ela; Ana. "Ana", seu nome exercia uma enorme pressão sobre ele, sobre o seu corpo. "Ana, o totem", como a chamavam. Tão enigmática, tão acima. Ana não carregava as ansiedades comuns às jovens moças, desde cedo era assim, como se destinada a algo maior, a um destino fatal. Olhou para ele em uma festa, ela com seus longos cabelos negros, os olhos de uma densidade perturbadora, escolheu-o, sabia que ele faria o mesmo. Observaram-se durante toda a noite, ela foi até o jardim convidando-o com os olhos frios e pesados. Quando ele chegou até ela, ela estava de costas, fumava um cigarro, olhava o céu cheio de estrelas, sabia que ele havia chegado, mas não se virou de pronto, não havia nenhum nervosismo, nenhuma afetação nela. Fez algumas perguntas, todas à queima-roupa, como quem repassasse rapidamente um questionário, minutos antes de se submeter a uma prova. Ele respondeu com a mesma destreza e calma com que ela perguntava, com que ela esperava. Fizeram um breve silêncio, ela virou-se finalmente, os mesmos olhos densos que ele demoraria anos para decifrar. "Me chamo, Ana" ela disse. "Marcelo", ele respondeu. Os dois se mediram numa última análise, como se verificassem a chegada de uma encomenda. E depois se entregaram à atração fulminante que lhes acompanharia até os últimos dias de sua história. Se tomaram ali mesmo, ele levantou o vestido dela sem cerimônia, sem pedido, ela pegou o sexo dele entre as duas mãos, ele procurando os olhos dela, que ela negava, as bocas coladas, o corpo dela esmagado sobre o muro de hera, a festa do lado de dentro, um ou outro convidado passando pelo jardim sem percebê-los, o gozo enfim, ele dentro dela, ficou ali um bom tempo, conversaram, riram, fizeram logo planos, só depois ela o retirou, devolvendo a ele a integridade de seu corpo como se fizesse um empréstimo. Olhou-o longamente, os olhos finalmente se abrindo por completo, os grandes e profundos olhos, ele seria pra sempre dela.

 Casaram-se cinco anos depois. Não tiveram pressa, não se renderam à imbecilidade da paixão, embora se devorassem aos nacos à menor oportunidade, mas gostavam de pôr a prova aquela intensidade, testavam-na com as experiências familiares, nas viagens com os amigos, nos pequenos aborrecimentos da convivência, sabiam que uma força daquela precisava ser domada. Para não virarem mais uma história passageira, decantavam a fúria, queriam mais daquilo, mais sobre aquilo e não somente aquilo. Casaram-se depois de extenuado o desejo mais ardente, tendo-o transformado em outra coisa, mais gerenciável, mais palpável, casaram-se sabendo-se capazes de viver um sem o outro, queriam fazer a escolha, não apenas ceder a um apelo. Estranhíssimo casal.

Para Marcelo, tudo era muito simples. Não temia o futuro, não temia o grande vazio da existência humana. Sabia que no final todos morreriam, bastava então ser fiel ao que queria, ao que sentia, mas sem mergulhar em abismos, sem fazer grandes perguntas a si mesmo. Para ele tudo era muito simples. Sua única extravagância era Ana.

O ATO

De dentro d'água ela lembrava: as mãos sujas de sangue. "Lady Macbeth", ela pensou. O marido transpirava na cama, a febre sacudindo o seu corpo, o sangue em suas mãos era dela, havia se cortado ao abrir o frasco de remédio, era a primeira vez que ela o via naquele estado, um homem tão forte, de boa saúde. Levou a compressa com água fria até a testa dele, cobriu seu corpo com a manta de lã, era verão e ele tinha frio, ele era tão bonito. O remédio que ela havia colocado em sua comida fazia efeito, uma pequena dose, ela rasgara a cápsula gelatinosa e vertera um terço do pó branco, pesara na minúscula balança da cozinha, uma fração mínima, mas suficiente o bastante para causar uma intoxicação, ela lera muito sobre o assunto. Olhava para ele dormindo. Estava sereno. Uma dor aguda lhe invadiu o peito. Ele era dela. Era dela. E de repente sua fisionomia ficou tão fechada que ela teve medo de nunca mais conseguir sorrir. Ter alguém era uma coisa tão grave. Alisou o braço dele, os ombros, a pele morna, ainda convalescente. Pensava que talvez pudesse abrir dentro dela um espaço para que ele coubesse, um espaço físico de onde ele nunca mais saísse. Amar alguém assim com tanto risco, amar alguém assim tão destacado dela era tão perigoso. Porque apesar de amá-la ele era um ser à parte dela, com pensamentos próprios, ideologias suas, havia lugares em que ele corria livre, lugares em que ela não chegava, não alcançava, e isso doía. Mas ela sabia que não devia doer, pois a beleza de amar alguém estava nesse alguém ser um sujeito de determinações próprias, com suas profundidades e cercanias, seus limites. Mas ela não conseguia. Queria vê-lo livre, vê-lo inteiro, mas o sentimento que se instalou dentro dela era de uma amplitude... De repente entendeu; temia. Temia o amor. Ou temia terminar a vida em pedaços, esfacelada e muda se arrastando pelas ruas como tantas mulheres que vira na infância. Mulheres que eram como estilhaços de guerra. Todas atingidas pelo amor. Por isso vê-lo assim era mais fácil. Porque por vezes ele era uma rocha, tinha sua própria estrutura, dentro dela sua própria amálgama, ele também era um vulcão. Ela temia não pertencer a ele o tempo todo ou de ele não pertencer a ela o tempo todo. O tempo todo... O tempo todo era uma regra dura inventada por algum deus insano, "Até que a morte os separe." Ela não sabia fazer essa conta; um mais um são dois. Ela é uma, ele é um. Ela não sabia.

Abriu a boca dele, deu o remédio receitado pelo médico, o antídoto. Logo ficaria bom, "Algo que você comeu na rua", disse o clínico. Aos poucos a febre foi baixando, o corpo dele arrefecendo. Ainda fraco, ele deixava escapar de sua boca uma ou outra frase, "Ana...", ele disse e dormiu extenuado. Ela olhava para ele embevecida, a noite de lua nova clareando o quarto escuro, dando um aspecto quase angelical ao semblante dele. Tirou os sapatos e deitou-se ao seu lado. Nunca foi tão feliz.

EM CASA

Não, não havia nenhuma doçura nela. Na boca uma saliva amarga e seca. Ressentia-se com o mundo. Enumerava as coisas que ele não havia lhe dado. Por vezes a constatação de que certas alegrias jamais viriam lhe dava um acesso de fúria, irritava-se, explodia para depois acalmar-se em ondas lentas e pacíficas, o peito cansado da ira, os pensamentos apaziguando o corpo. "Tudo está bem, a vida é boa", dizia para si mesma, e guardava a fera do lado de dentro, de novo trancafiada, à espreita. Em alguns dias, experimentava algum remorso pela queixa, afinal tinha uma vida satisfatória, longe das tragédias da infância, nada que a lembrasse da penúria e da violência em que fora criada. E nessas horas abrandava de todo, temendo um castigo, era devota, de um deus distante e por vezes cruel, mas era devota. "É necessário temer algo, algo que seja maior que nossa estatura senão a gente enlouquece", ela pensava. Para logo completar que temendo a um deus ela também enlouquecia. No final das contas não teria para onde fugir, mas pelo menos se ela enlouquecesse temendo algo maior que ela, ela não teria nenhuma responsabilidade sobre isso. Já encontrara muitos ateus ensandecidos, carregando o peso do mundo nas costas com suas ridículas pretensões de equacionar a conta da existência. Nenhum havia conseguido, nem os sábios com seus ensaios, nem os russos com suas enciclopédias corrosivas, ninguém conseguiu chegar perto, arranharam a superfície da coisa, apenas isso. E a grande maioria morreu bêbado e arruinado, louco e só. Para Ana era importante que a vida se desse de outro modo, necessitava de um lugar de conforto para olhar o mundo de longe, dissecá-lo, rir dele, escarneá-lo, precisava de tempo e tranquilidade para cavar cada dia mais fundo e sem interrupções. Detestava ser interrompida em sua busca, achava o prosaísmo do cotidiano, a urgência e necessidade das coisas práticas uma calamidade, precisava estar sempre destacada e atenta, pronta para se entregar à queda, gostava do que colhia pelo caminho, de como arranhava as paredes do inconsciente enquanto caía, gostava do medo, porque se sentia viva, buscando ela mesma, dentro de si mesma, ela se sentia viva, e sabia que todo o resto, todo o aparato social no qual cada pessoa estava inserida não passava de tentativas e suposições de vida cimentadas em conceitos e costumes. Ela queria viver e não forjar nada, queria ser tão de verdade que sabia que desse modo morreria cedo, ou enlouqueceria de todo, mas não tinha escolha. Esse era o seu modo de viver. Por isso precisava de uma vida tranquila, do lado prático resolvido para sustentar seu modo torto de andar pelo mundo, tão interna, tão intensa. Ah sim, e precisava ser amada.

Era essencial que fosse amada. Não se sabe em que recôndito de si ela carregava essa urgência tão grande para o amor, essa grande necessidade. Por isso Marcelo a havia conquistado, ele sempre deixara claro que a amaria, que amá-la seria o seu projeto de vida, para ele era simples, não era conflituoso como ela, escolheram-se, casaram-se, era isso. "Mas e?" ela se perguntava. "Onde o mais?"

Depois da febre, ele passou ainda dois dias em casa, sonolento devido aos remédios, entregue aos cuidados dela. O corpo dele era como o corpo de um menino grande, dentro do pijama morava um homem, mas dentro do homem havia o menino, ela tinha acessos de grande ternura, o amor fragilizado era talvez o único modo que não a assustava, vê-lo vulnerável era estar mais perto, acessar gavetas, tocar em outra pele, mais macia, mais humana, mais possível. O homem é um ser tão pontiagudo... Se o amor fosse um pássaro, Ana lhe cortaria as asas, cortaria, tamanho era o medo de perdê-lo.

A MENINA

Depois do acontecido com o pai, foi mandada às pressas para outro Estado. A família, entre incrédula e temerosa, arrumou um jeito dela ir morar com uma senhora, conhecida de uma conhecida de sua mãe. A senhora, uma mulher franzina e calma, vivia em um apartamento amplo e tranquilo, os filhos a visitavam aos finais de semana, ela precisava de alguém que lhe fizesse companhia. Ana sempre se lembraria das janelas do apartamento no décimo primeiro andar. Tão alto! Pela primeira vez, tão alto! Costumava observar as pessoas na rua, pequenos pontos que se movimentavam rapidamente, minúsculos e ocupados, os carros eram muitos, uma vida frenética, diferente da que estava acostumada. São Paulo. As pessoas num carrossel dinamizado, tudo tão destacado e ao mesmo tempo à serviço de uma grande forma, mas no final do dia, todos voltavam para suas casas, voltavam à sua forma original, pequenos pontos, pequenos e imprecisos como ela.

Naquela casa suspensa de classe média, de família remediada, de móveis inteiros, de cômodos sem ruídos, de paredes sem catástrofes, ela foi crescendo, descobrindo um outro mundo, a segurança dos dias iguais, o conforto. Mas com essa nova realidade veio também um perigo, algo que ela desconhecia até então, mas que já desconfiava que existia, algo que lhe visitava nas últimas horas do dia, quando a tarde ia se despedindo das coisas, o sol recolhendo sua língua de luz sobre a cabeça das pessoas, quando a escuridão se anunciava, a melancolia.

Foi providencial sua remoção para aquela casa, para aquele lugar que era tão distante de onde ela vinha que parecia outro país. Ali teria uma educação, um futuro, estaria livre da sina de sua gente; a pele marcada pelo sol excessivo, as dezenas de filhos, um marido violento, cópia do pai. Sua extração daquele mundo a salvara do perigo de uma grande queda, do álcool, do vício, da violência. Ela estava a salvo. Mas era sempre uma menina, e lhe era trabalhoso redesenhar a trajetória assim sozinha, escondida pelos cantos da casa estranha, enrodilhada nas cortinas, deitada no chão da área de serviço, desenhando arabescos imaginários no teto. A senhora era dócil e atenciosa, gostava de ensinar-lhe coisas, de como meninas educadas deveriam se comportar, lhe dera livros, roupas, mas não fazia as vezes de mãe, no fundo era um negócio; um pouco de companhia, por um muito de proteção e amparo.

Viúva, a senhora esquálida também ruminava suas dores, a infância no internato católico, a mãe rígida, o trabalho como datilógrafa na repartição pública, depois o encontro com o marido, a luz de seus dias, um homem alto e meticuloso, inteligente e pacífico, se deram bem logo de início, trocaram cartas, casaram-se, vieram os filhos. Ele morreu cedo, deixando-a sem preparo, como quem é pego de surpresa em meio a realização de uma grande pintura, como uma linha que acaba no meio de um trabalhoso bordado, um quadro inacabado, ele se fora. Ela era dócil, mas triste. Ana viu-se então impelida a suprimir os arroubos de menina, as pequenas alegrias pueris da infância para não constranger a senhora, sabia que naquela casa reinava uma música, um silêncio que era ao mesmo tempo um bálsamo para os seus ouvidos e também uma melodia que a levava para dentro. Ali naquela casa ela aprendeu a pensar, a primeira vez que viu o lago farto e fundo dos seus pensamentos foi naquela casa. Ela lembra de ter hesitado, algo fora dela ainda lhe puxava, lhe chamava para as coisas fáceis, mas o mistério, ah, o mistério do ser e as inúmeras respostas que se pode ter no mergulho, as inúmeras possibilidades de perguntas que podem ser feitas, isso a atraía tanto! Tocou com a ponta de um dos pés naquele lago escuro, era fria a água, fria, densa e pegajosa, vozes vinham daquele lugar, as possíveis vozes que teria, o colóquio extenso e quase sem pausa que iniciaria, respirou fundo e mergulhou por completo. Desde então carrega a impressão de jamais ter submergido, tamanha era a vontade de nadar nas águas de si mesma.

Foi crescendo sem grandes sustos, a vida parecia ter reservado a pior parte para os primeiros anos, a violência do pai, as casas destruídas, a fome. Agora tudo ia a contento, sabia ser agradável, era dócil sem ser subserviente, era inteligente e genuína, conquistava as pessoas. E era bonita também, o que naquele e em todos os outros mundos que visitou, logo descobriu, era algo que contava muito. Para matar a fome de dentro, alimentava-se dos livros da grande biblioteca, estudava idiomas, dominava o francês e o italiano, amava filosofia, tornara-se inteligente o suficiente para ser uma pessoa fria, mas não era, em seus olhos brilhava a chama de uma alma incandescente, como uma estrela nascida de um caos, o perigo sempre à espreita. Aprendera a amar o seu corpo, não admitiu que seu pai a marcasse a tal ponto de se tornar frígida e complexada, amava a ideia do amor e sabia que para isso necessitaria de um corpo saudável, algo que pudesse dar vazão à sua alma ansiosa e vibrante.

Formou-se na Faculdade de Letras, namorou alguns rapazes, incluindo o francês durante a temporada de estudos em Paris. Até conhecer Marcelo. A senhora morrera e lhe deixara uma pequena herança, nada demais, algo que aplacasse o frio daquela alma, um pouco de segurança, um teto. A senhora era grata por ter sido cuidada por ela no fim da vida com tanto carinho e humanidade. Em seus últimos dias, acometida pelo câncer, o corpo colapsado, Ana à sua cabeceira, ainda teve a chance de dizer: "Minha filha, não mergulhe tão fundo. Na vida mais vale quem sabe flutuar. Mesmo que seja sobre a própria desgraça." Ana acolheu o conselho, mas não fez promessas. Os grandes olhos da senhora cheios de compreensão das coisas. Ela sabia.

Ana não lamentou a perda, aprendera desde cedo a se destacar desse tipo de afeto, colhia o que lhe era possível e pronto. E afastava-se do que lhe representava perigo. Era tudo o que aprendera sobre família. Para sobreviver ela sabia que precisava ser prática. Ela não tinha tempo. Tinha outros planos. Havia outra sede que lhe ocupava os pensamentos, que lhe exigia cada fibra de si mesma; experimentar o amor. Viver o amor. Mas sabia da importância daquela mulher magra e silenciosa em sua vida. Aprendera a amar seus passos lentos e cuidadosos pela casa, o modo sereno com que observava o mundo. Ela sabia que um dia seria como ela. Desejava a sorte de ter uma velhice serena e contemplativa, mesmo que isso trouxesse o risco de queda para o lado de dentro, a melancolia. Não importava, ela não temia. Afeiçoara-se àquela senhora de gestos delicados, e a senhora também se afeiçoara àquela menina tão à mercê das circunstâncias. Aprenderam a apreciar a companhia uma da outra, náufragas que eram, cada uma em um ponta da existência, a senhora no fim, Ana no começo. Uma anciã e uma menina. Ambas frágeis e atônitas. Ambas ao vento.

É PRECISO TOMAR CUIDADO, AO SER ATINGIDO PELA COISA, NÃO SE TORNAR A PRÓPRIA COISA

Uma vez perfurada a pele, a violência entra como uma onda que se agiganta sobre o seu corpo, seus batimentos cardíacos se aceleram e você entra em estado de quase morte, você teme a morte, você quer a morte. Por isso a água. Nela não há divisões. Nela há dissolução total, porque na água tudo vira uma coisa só, tudo flutua sobre a ordem desse elemento, impossível ficar diferente a ela.

Não me transformei de imediato após os acontecimentos mais significativos da infância. Depois daquela tarde com o pai, depois do tsunami, aquela água foi ocupando meu corpo aos poucos, se tornando algo que eu bebia e regurgitava, que eu ruminava e tentava dar outros sabores, mas sempre carreguei a água, algo que vertia, vertia por dentro, uma fonte que nunca secava. Temendo o dilúvio completo, eu fui aos poucos me afogando, aprendendo a deixar de respirar, a ser a própria coisa que me sufocava. A corrente. Não posso afirmar que existia alguma maldade em mim antes dos fatos ocorridos. Com efeito, minha essência fora modificada, mas não posso dizer para onde, já que a vida vivida e a vida atingida se misturam e se confundem. Não posso lembrar da criança que eu fui antes. Se eu teria crescido de outra forma caso as circunstâncias tivessem sido diferentes. Se existiriam em mim menos sobressaltos, se me tornaria talvez uma moça de olhos dóceis e alma descansada, de hálito leve e verbo manso. Não posso afirmar nada. Posso apenas me debruçar sobre o que sou, ou sobre o que me tornei.

Sempre tive sede de vida, dentro de mim uma busca pela beleza, jamais admitiria o crime, a vilania, coisas que considerava como máculas dentro da clara textura que eu tecia por dentro. Mas nunca me neguei às sombras, aprendi desde cedo que elas te perseguem e se agigantam se forem ignoradas. É preciso abraçá-las. Viver então é como ser um domador de circo, o grande picadeiro, as feras e suas bocas enormes, o público gritando em transe. As feras não podem ser mansas, mas também não podem engolir o domador, ele precisa vencer, mas precisa também estar dentro do perigo, roçar os dedos na tragédia. Do contrário ninguém está realmente vivo, nem as feras, nem o domador, nem o público. A vida tem cheiro e cor de sangue. O resto são nuances que damos, de acordo com a nossa destreza, de acordo com nossa coragem.

É preciso tomar cuidado, ao ser atingido pela coisa, não se tornar a própria coisa.

Antes de ser mandada para São Paulo, fui visitar pela última vez a Mercearia. O velho dormitava, depois do almoço ninguém aparecia, seu rosto ainda mais sisudo, a luz do sol entrando pelas frestas das portas velhas, pelas telhas quebradas, tudo ali tinha um ar de pertencimento e morte. Olhei ao redor; as sacas de cereais organizadas próximas ao balcão, a caixa registradora, a bomboniere empoeirada, tudo pincelado de cores opacas e sem alegria, objetos carregados de silêncio, testemunhas inúteis do que ali acontecia. Nas prateleiras, as cordas de fumo, cheiro forte que me seduzia e me enojava, as garrafas de pinga, combustível preciso de tantas desgraças, as barras de sabão, os barbantes, as bonecas de plástico penduradas, as pipas, tudo muito precário, brinquedos feitos às pressas para distrair crianças pobres. Um grande carrossel começou a girar em frente dos meus olhos. Como se cada objeto tivesse uma alma e uma temperatura. As coisas sempre tomaram uma parte grande na minha história. Ao invés de cenário, faziam parte do enredo. Eram, quase sempre, além das pessoas, as protagonistas da trama, eram as coisas que definiam o roteiro e não o contrário. Nunca achei que o acaso dispusesse as coisas à nossa volta, um objeto nunca é em vão.

    Abri com cuidado a lata de querosene que estava empilhada junto com outras num canto. Espalhei o líquido pelo cômodo, o líquido fazia um barulho engraçado, que era como pegar água do chafariz, coisa que eu e meus irmãos fazíamos todas as tardes, lugar onde aproveitávamos para tomar banho, nas casas em que morávamos raramente tinha água. O querosene fazia um barulho engraçado ao cair no chão, como o da água do chafariz, só que mais grosso, mais pegajoso, eu gostava do cheiro. Não tive medo. Parecia que todo o medo que eu deveria sentir na vida havia ficado ali entre aquelas paredes, naquelas tardes em que eu me esgueirava pelo balcão atrás de comida, como os ratos faziam atrás do queijo, se esquivando das ratoeiras. Mas eu não consegui me esquivar do velho. Eu não tinha medo. A lata ficou vazia, um cheiro forte e bom enchendo o ar, o velho continuava dormindo. A mãe me esperava em casa, uma tia daria carona no táxi do marido até a rodoviária onde o ônibus para São Paulo sairia. Coloquei a lata vazia num canto, a mão pequena alisando o bolso do vestido novo, feito para a viagem, uma caixa de fósforos. Nunca achei que o acaso dispusesse as coisas à nossa volta, um objeto nunca é em vão.

Da janela do fundo do taxi, eu via as labaredas altas, os vizinhos correndo na rua, gritando, ninguém havia me visto saindo da Mercearia, afinal havia alguma vantagem em ser pequena e imperceptível. A mãe não quis parar para ver o que havia acontecido, não podia perder aquela oportunidade da carona. E eu não podia perder aquela oportunidade de vida. Dias depois São Paulo me recebeu fria e silenciosa. Nunca julgou a menina.

O COTIDIANO

Inútil dizer o quanto tenho cansado da caminhada, do quanto a estrada foi tirando o sonho dos meus olhos, de como ando pelas ruas empertigada e dura, do quanto sinto frio nas horas mais impróprias.

Sentia que por mais que corresse jamais se alcançaria e ao mesmo tempo jamais conseguiria afastar-se de si mesma. Tamanho era o traço de sua vida, tão ligado que era de uma ponta a outra. Como um elástico, se revezava entre tensionada e letárgica, nunca encontrava a extensão correta, o lugar de conforto. Tinha medo de que o vulcão nunca adormecido eclodisse de vez, medo de se tornar uma senhora amarga e ressentida. Ou de enlouquecer por completo.

Pensou então que esses pensamentos eram culpa da tarde sem encanto que a aborrecia, daquele ar parado dos dias repetidos, a rotina de árvores e grama do parque, as pessoas tão numerosas e audíveis. Por vezes desejaria estar só no mundo, somente ela e o cão. Mas sabia que isso não seria muito prático. Mas teve pena do que via: as famílias se arrastando como cardumes, como carpas sonolentas e previsíveis, entoando um coro desanimado e batido, observa-as caminhando, sentando, rindo, conversando. Vez ou outra o ar do parque trazia alguma frase, ela ouvia. Risos, escárnios, pequenos segredos e confidências compartilhadas, eram tão apegadas à mediocridade aquela gente, tão pequenas, tão pobres que só pensavam em cerveja e fofoca. "Que medo, que pena, que raiva, que angústia", ela dizia. Ser é algo tão mais amplo, mas claro que era mais fácil se esconder na sombra confortável de uma crença inútil, procurar a cabana mais próxima, o lugar mais seguro, estar ao sol e em espaço aberto era muito doloroso, custava caro. As pessoas eram tão pobres e tão pequenas que só pensavam em seus pequenos conchavos, nas pequenas vilanias e delitos cometidos na surdina, nas pequenas depravações diárias a que se submetiam e a qual submetiam outras pessoas, também tão tolas e desorganizadas quanto elas. Pensou que naquele momento se encontrava muito preconceituosa, como se estivesse vestida de uma túnica de perfeição e clareza, sentiu-se muito estúpida, quase católica.

Mas a linha não relaxava, não encontrava sossego nas coisas simples, na tarde morna e sem heroísmos e ela comparou-se ao cão, tão inútil em sua tentativa de entender o mundo, o cão que só existia se pulasse, se pulasse sobre as pessoas, sobre as árvores, sobre outros cães, sobre ele mesmo, era uma agonia. Mas gostava do cão. Às vezes ele serenava e sentava ao seu lado, ruminando a própria existência, olhando o entorno, catalogando com seu faro os passantes. Gostava de alimentá-lo, do modo como ele confiava no que ela lhe colocava na boca, tão ingênuo, tão entregue. Essa imagem a enternecia, assim como enternecia os outros, sabia que uma mulher bonita alimentando um cão bonito no parque era também uma imagem bonita. Gostava de dar essa imagem às pessoas, gostava de estar dentro dessa imagem, um modo talvez de acreditar. Gostava de escovar os pelos do cão, e nessas horas queria que ele não existisse por completo, que não se mexesse, que apenas sua respiração ondulasse sua estrutura, que fosse apenas uma coisa morna e macia que ela escovava, escovava e ali esqueciam-se, a tarde morna se despedindo, o sol derramando os últimos raios sobre suas cabeças, a paz.

Durante suas observações no parque, um dia flagrou um homem em plena ação. Um homem velho, de feições encovadas, de olhos gastos e umedecidos, os cabelos brancos disfarçados por um corte da moda, deixava crescer no início da nuca uma mecha grossa com a qual fazia um rabo de cavalo, trazia em seu corpo uma inquietação infantilizada, se movia com desconforto, não aceitava o novo avatar que a vida lhe impunha. Abordava as moças, falava de filosofia, tentava impressioná-las, era ridículo. Estava sempre ali, no parque. Um dia ocupou uma moça por uma tarde inteira, falando de livros, teorias impressionáveis, fazia-a rir, mas ela estava constrangida. Pensei então em quantas vezes uma mulher era obrigada a compartilhar o seu tempo com um homem, sendo que na maioria delas ela não tinha nenhum interesse em fazê-lo, apenas havia aprendido que era o certo a fazer. E isso me revoltou. Ele ficou um bom tempo ao lado dela, falando, falando, até que a moça ficou em silêncio, não respondia mais às suas investidas, o corpo se fechando como uma concha, um modo educado de pedir que ele fosse embora. Ah, a educação por vezes é uma coisa tão estúpida! Ele ficou ali ainda por um bom tempo, tentando negar a rejeição que se aproximava, de novo as ondas subindo pelo seu rosto, as ondas que enfrentava quase que diariamente por ser velho e irrelevante. Seu tempo de rapaz galanteador ficara para trás, sua hora havia passado, mas ele se agarrava a ela com os dentes, parecia que o boneco tentava tomar o trabalho do ventrículo, não se afinavam em essência e forma. Era constrangedor.

Insistiu ainda no colóquio forçado, tornando-se mal-educado, chegando às raias da cólera, latejava nos ossos a rejeição. Com os gestos alterados, ele disse; "Você é sacana!", provavelmente por a moça ter discordado de algo, empertigava-se fingindo alguma indignação, depois acalmava-se, ria-se, coçava-se, agonizava aquele homem. A moça por fim foi embora, combalida, envergonhada, provavelmente se sentindo suja e inapropriada por ter tido aquelas horas roubadas. A culpa seria sempre dela. A culpa era sempre delas. Ele ficou sozinho, o olhar atordoado tentando retomar a forma antiga. Ajeitou os cabelos, aprumou--se na roupa, deu um pequeno salto no ar como se tentasse dar tônus ao corpo que desmoronava, consertava a armadura, partiria para outra guerra, outra abordagem. Me visualizou. Os olhos pequenos e estreitados, regulando a mira, avaliando a possível presa, se dirigiu até onde eu estava. Antes que ele se aproximasse de todo, levantei-me como um foguete e fui ao seu encontro, meu rosto a poucos centímetros do dele, os olhos frios e cortantes, as mãos rijas e atentas. "Envelheça." eu disse.

"É o que deve ser feito", completei. E fui embora. Nunca mais vi aquele homem no parque.

Sim, era difícil prever os acontecimentos em si mesma dentro da sintonia fina em que vivia. Os dias passavam.

PAREDES

Reconheço a gravidade dos acontecimentos, admito a dramaticidade dos meus atos e dos meus pensamentos. Mas quem pode julgar uma mulher nesse estado? Uma mulher sente de um modo tão diferente. O meu amor por Marcelo aumentava, aumentava a cada dia. Mas não era uma explosão, não era uma enxurrada, era como um rio calmo que ia lambendo devagar as planícies, se acomodando com doçura nos cantos mais escondidos, subindo sem alarde nos lugares mais altos, alcançando os espaços escuros. Clareando, clareando. Meu pequeno dilúvio. Eu queria uma revolução naquela terra que era nossa. Invadir tudo até não sobrar nada do homem, ou sobrar apenas o homem e não o que esperam do homem. Chegar até ele, invadi-lo com essa água era o único modo de continuarmos nos navegando. Porque por vezes as relações secam, ficam à deriva, e o que sobra são folhas secas flutuando sobre a lama, aquele amontoado de resquícios que já nem são mais identificáveis, os entulhos que também compõem um casamento e nos quais muitos casais se apegam, os filhos, a casa, os objetos, as promessas não cumpridas pairando ao redor, criando volume e ressentimento. Ah, se tornam infinitamente mais relevantes essas arestas, as coisas não ditas ou ditas em demasia, ou pior, as coisas não sentidas, o amor assassinado um pouquinho a cada dia, o amor dividido, destilado, para podermos dar conta, o amor em pedaços é mais verossímil já que somos feitos mais de dores do que qualquer outra coisa, o amor em farrapos, pendurado pela casa, ondulando sob o hálito do cinismo, o amor morto a pauladas, combatido a tapas, o amor assassinado pelo silêncio, o amor em pedaços, seus pequenos cadáveres boiando naquela lama fria e escura. E lá embaixo a fonte primeva, lugar de onde surgiu esse amor, e também a fonte de vida dos dois envolvidos, a fúria aplacada a serviço de uma empreitada da qual se perderam as diretrizes. A água parada e suja, ressentida e confortável, porque respirar dá trabalho. Não, não. Eu queria o amor inteiro, vibrante, potente, devastador. O amor é um sol. Inútil querer tocá-lo sem se incendiar por completo. Sem se transformar por inteiro.

    Reconheço a gravidade dos acontecimentos. Reconheço. Mas não posso dizer que mudaria o curso das coisas, que mudaria a direção à qual minha mão trêmula e acidentada levou a minha relação com Marcelo. Porque apesar do risco, apesar do grande perigo, havia algo maior que tudo, havia vida, a água pura e límpida da vida, gerando, pulsando, o rio vagaroso e manso, mas determinado, alcançando, alcançando.

    Depois de dois meses, voltei a dar o remédio ao marido. Aquele mesmo pó alaranjado e meticulosamente medido. Ele já havia se recuperado de todo, voltado para si mesmo, esquecido dos dias de febre, das noites em que dormia com medo da morte e se agarrava a mim como um náufrago. De novo ele se afastava. De novo a torre. Não falo aqui de indiferença, nem de outra coisa, Marcelo não era um homem de aventuras, nascera determinado a fazer as coisas funcionarem corretamente, era como um relógio suíço, preciso, confiável, inoxidável. Eu queria o atraso, queria a ferrugem, queria não confiar tanto nos ponteiros que de certo modo também ditavam a minha vida; "Quinze para as sete, a senhora irá jantar", "Às oito quarenta e cinco lerá um livro", "Aos setenta e nove morrerá pacífica durante o sono e ninguém lembrará do seu rosto", eram coisas que aqueles ponteiros me diziam. E eu tinha terror de ver minha vida tão direcionada, tão sem ondulações. Eu queria uma bússola dançante, desbravar continentes sem lhes conhecer o nome, eu queria a maresia comendo as minhas engrenagens, me forçando a ser outra coisa que não fosse um relógio. Um remo talvez? Um termômetro para medir a febre dos infelizes, não sei, algo que sofresse, algo que pulsasse. Ah, é tão perigoso se ligar a alguém assim pra uma vida inteira! O casamento é um salto de paraquedas em dupla, você e o outro, tão desconhecido, tão estranho quanto qualquer outro, agarrados por inúmeras cordas, pequenas, finas, quase invisíveis, cordas que vão se entrelaçando ao menor vento, que se atrapalham, que sufocam, e lá do alto não se ouve muito, em plena queda, os gestos são descuidados, agarramo-nos com mais força a qualquer coisa, mesmo que nos doam os dedos, mesmo que nos quebrem as mãos, dois corpos pesados e desavisados se precipitando ao chão. E aquela coisa gigante acima de nossas cabeças tentando nos fazer flutuar, nos acalmando a queda, aquela coisa imensa e arredondada chamada amor, a única coisa que realmente flutua, a única coisa que não conhece a gravidade, na verdade existe apenas essa coisa que flutua sobre nossas cabeças nos pedindo calma. Mas só sabemos olhar para o chão.

    Durante dois anos, ministrei o remédio ao Marcelo por cinco vezes, modulando dose e frequência de acordo com o humor dos dias, a imposição das circunstâncias. Aos poucos ele foi mudando, mesmo longe do efeito da droga, ficava temeroso, convencia-se da saúde frágil, temia a morte. Fazia planos para o futuro, organizava viagens, tornara-se mais humano e agarrava-se a mim, dando-me outra utilidade além de esposa. Abatido o corpo, sensibilizava a alma, tornava-se doce e ameno. Era inteiro meu.

O OBSERVATÓRIO

Interrompeu a leitura, jogou o livro de lado, de novo na rua, as árvores dançando ao comando do vento, nem estava frio e nem estava quente, a estação ainda se decidindo, rendendo calmamente o turno da outra, Ana não sabia o que sentir. Interrompeu a leitura, jogou o livro de lado, sofria um pouco, sem alardes, mas sofria, não sabia por quê.

Tudo era tão claro. O verde tão destacado do marrom da terra, o céu tão distinto das coisas fixas, tão azul e sobrenatural que zombava de todo o resto. Diante dessa grandeza, Ana se sentiu pequena e inadequada. Havia tantas perguntas sem respostas. Concluiu ser difícil a missão humana, traduzir o belo, tocar o belo, enfiar as mãos nele como quem enfia as mãos dentro da água, apenas para senti-lo escorregar para longe, distante, sempre distante.

Mas inquietava-se, não sabia a causa, por dentro da pele algo frio e corrosivo, coisa que lhe amolecia a carne, que lhe deixava ainda mais suscetível. O chorume dos dias correndo com sua acidez sobre seus ossos e então ela inteira sofria.

E agora mais essa pequena inquietação, como um alfinete encostado ao fígado, uma leve brisa empurrando-o, fazendo verter gotículas de sangue, mas que jamais a levaria à morte. Não havia alívio.

Finalmente lembrou o motivo da inquietação. Marcelo. Seu nome abrupto como uma pedrada. Era terrível porque antes dele tudo existia, estava acostumada a ver a vida baloiçando como um píer móvel, ela do lado oposto, na água — sempre a água — vendo a vida dançar na frente dos seus olhos, ora existindo, ora não. A miragem.

Antes dele, ela estava resignada com seu futuro de esfinge, jamais descoberta, mas sempre descobrindo, debruçada sobre si mesma, a cabeça enfiada no peito, era natural que tropeçasse, que não visse com clareza o lado de fora, estava conformada. Mas Marcelo surgiu e lhe arrancou de dentro, ele com seus dois pés fixos sobre o sol e tão certo das coisas, a fez querer uma vida outra, uma onde ele existisse, onde ela não fosse feita de névoa, onde ele a amasse. Até então, Ana pensava que sofria, mas sofria de um sofrimento lento, decantado, que ela recebia de bom grado, como quem veste um casaco roto, que não protege, mas que é confortável, por ser conhecido. Mas Marcelo chegou com sua certeza imperativa, tomou-a pelas mãos, transmutou-a em matéria macia e palpitante, a carne.

Desde então era como se algo nele houvesse sido transplantado nela, o corpo dele, o sexo dele nela como duas mãos quentes, ajeitando por dentro, reorganizando tudo. O namoro, a família, tanta gente ele lhe apresentou, ela que sempre viveu sozinha e ilhada, tanta gente perto, tocando-a, abraçando-a, fazendo-a se sentir amada e desejada, trazendo com isso a responsabilidade do afeto, o medo de que eles partissem, que não mais a quisessem, que descobrissem seus pensamentos rudes. Sua essência machucada.

O mundo seguro de Marcelo, máquina que girava como um relógio de precisão suíça, como um carrossel no parque, nenhuma tragédia, nenhum alarde. Mas Ana via além da superfície, enxergava a engrenagem da máquina, sabia onde a lubrificação falhava, onde o motor superaquecia, quais peças em breve envergariam, aguardava a pane.

Espantava-se com o mundo dele tão preciso, tão bem recortado, temia não se encaixar de todo, já que nela algo sempre sobrava, ou faltava em demasia.

Inquietava-se porque de novo Marcelo se reestabelecera, as pernas firmes e fortes, o gesto decidido, de novo ele era uma unidade, coisa que ela jamais havia sido, ela que sempre se diluía.

Vê-lo inteiro, sem um centímetro de medo nos olhos, obrigava-a a encarar a realidade; ela teria que viver uma vida real e possível. Esquecer de certo modo a neblina, os mundos que criara desde criança quando dentro da vertigem da fome, ou quando diante do escândalo, estupefata, teve que moldar em sua cabeça um outro rosto. Ela teria que esquecer as miragens e construir uma vida possível dentro do próprio deserto. Afinal, não era assim que todos faziam? Sim teria que esquecer a tragédia da infância, esquecer o formato das mãos que foram tão cedo lhe moldando, rasgando e refazendo a sua carne ainda verde, e criando outra, e depois outra, até chegar nessa de agora.

Ana sabia que para aceitar Marcelo, teria que aceitar o pai, aceitar que amava um homem quando seu corpo havia decidido muito cedo que ela jamais amaria um homem. Aceitar Marcelo, também ele com suas mãos de ourives, era aceitar que o sangue e a alegria andavam juntos e que era imprescindível encontrar um lugar seguro para os dois. Aceitar Marcelo era admitir que a redenção jamais viria, jamais iriam prender o pai, agora morto, ninguém iria julgá-lo por seus feitos, ninguém o puniria por ter gozado sobre uma carne inocente e pacífica. Seu pai estava morto e ninguém se lembraria dos seus atos, até mesmo a família tratara de pôr uma mão de cal sobre o caso, cobrir o vermelho do sangue, tingi-lo de uma cor mais amena. O sangue dela.

Era mais fácil deixar o homem deitado na lápide, com sua foto de olhar brando, dizer que ele foi bom e honesto. Ninguém queria falar sobre o seu gozo, sobre por onde andaram suas mãos tesas. Aceitar Marcelo era aceitar que tudo estava acabado, que dentro dela não havia nenhuma gota de heroísmo além daquele que a fez ter continuado viva.

Que a vida continuaria apesar de todas as coisas, que aquela menina ficaria pra sempre dentro dela acenando incrédula, pedindo, timidamente, que alguém a ajudasse.

Era preciso que ela decepcionasse a menina, que a trancasse no bunker do peito, para que ela silenciasse ou morresse de vez, e sobretudo, para que não matasse ninguém.

Não matasse Marcelo, não matasse a mulher de hoje que abrigava a menina naquele corpo saqueado, corpo que agora crescia e não sabia onde caber.

Os dias passavam.

MARCELO

Inútil tentar decifrar essa mulher aqui deitada ao meu lado, por isso tomo dela emprestada as palavras, coisas que para ela sempre foram fartas. Mesmo ela não falando muito, era possível ver a torrente de sílabas e emoções por baixo de sua pele, seus olhos faiscantes, misteriosos, vorazes. Olhos que às vezes se apagavam de todo e ficavam opacos, descansados do mundo, como se dormissem, ganhassem forças para algo maior, a ressaca se aproximando, o mar que ela carregava do lado de dentro parecia lhe engolir inteira, e então era como se estivesse morta para o mundo, embora ainda fosse funcional, mas eu via nos seus gestos a automação de uma vida direcionada, ela também cumpria um papel, embora dentro dela batesse sempre um coração voraz. Era impossível prever o ataque da fera, mesmo se ela nunca tivesse me levantado a voz, mesmo que me amasse, era possível sentir o risco, aspirar o perfume da queda, a tragédia lhe rondando o corpo frágil, era como assistir a uma dança entre ela e sua sina. Magnífica mulher. Assustadora mulher. Quase sobre-humana. Difícil catalogar o que lhe habitava, não havia um filósofo que não houvesse sido devorado por seu cérebro cortante e atento. Os grandes conflitos humanos, os homens e suas guerras, os cataclismos naturais, nada disso a assustava. Mas o amor. Ah, o amor era como se nascesse dentro dela outra coisa, outro ser, uma forma alienígena que a surpreendia, que a sufocava, ela lutava, por vezes sem êxito. Às vezes eu a encontrava no final do dia, sem forças, dócil e combalida, a febre do sentir lhe aquebrantando os ossos, lhe amolecendo a carne, a vida domesticada deixando os músculos de seus pensamentos moles, e a fera de dentro cada vez mais enfurecida. Medusa. Era como conviver com uma medusa, esses seres sem vontade própria, animados por algo além, seres que servem apenas ao instinto do ser. Que cediam apenas à fome que sentiam. Que queriam o fim de tudo, para justamente chegar no âmago de tudo. Não sabiam esperar a morte, queriam ser a própria morte. Mas dentro dela um esforço, uma fonte branca e cortante, que a arrebatava, que a enfraquecia, que a sacudia. O amor.

    Nenhum homem pode ter experimentado tamanha doçura e tamanha fúria na vida antes de ser amado por essa mulher! Que era como uma água-viva, que te queima a pele, que causa uma combustão no teu peito, que te afoga e que te salva, que te invade inteiro de modo feroz e devastador e que depois se transforma em leito macio de rio, numa alma mansa e cálida buscando um recanto onde pudesse existir sem espanto. Ela sofria. Desde menina, sofria. Eu não sabia a razão, mas desconfiava. E por isso me entregava. Deixava-a fazer o estrago, queria deixá-la ir cada vez mais para o lado de dentro, não oferecer resistência, mostrar para ela que eu era inofensivo. Eu queria apaziguá-la. Mas não sabia como.

Impossível não ouvir o canto de uma inocência pisada, não ceder ao apelo de remendar uma alma esgaçada, de acolher nas mãos uma ternura insultada, de querer salvá-la, de querer que ela viva, ou de querer morrer junto com ela. Filha da violência, ela também violentava, rasgava a pele de seus interlocutores como meio para chegar ao cerne, era o único afago que conhecia.

Me condoía assistir a seu sofrimento, sua tentativa de atenuá-lo para mim e para o mundo, mas nunca para ela, ela não buscava para si a misericórdia, no fundo gostava da luta, que a tornava grande e destacada, alheia a todo resto, que em comparação a ela, agigantada pela tragédia, era pequeno e ralo. Mas me custava encontrá-la tão corroída pelo mar que carregava do lado de dentro, eu com a minha vida prática, gozando dos prazeres pequenos, sorvendo aos poucos e com cuidado a existência, uma alma burocrática e cínica.

Estar com ela era como assistir todos os dias o nascimento e a morte de uma supernova. Ela era como meu brinquedo, e onde eu, pequeno e ávido observador, a seguia, lhe consumia a atmosfera, tentava acompanhar sua rota, orbitar em torno dela. Ana. Meu pequeno e misterioso átomo. Minha Ana que se agarrava a mim com tamanho desespero, que sabia se diluir no homem que eu era, me quebrar as estruturas rígidas, entorpecer meus alicerces, mover a ponte.

Quando pequeno, eu sempre visitava a área antiga do cais do porto da minha cidade. Nela havia uma ponte extensa e estreita que desafiava as ondas. Fascinado que era por engenharia, sonhava com as coisas fixas, encaixáveis, como se o mundo inteiro fosse articulado e prático, como se bastasse uma mão fria e sagaz para lhe direcionar o caminho. Sim, as pontes, os grandes navios, os foguetes no espaço, os aviões gigantescos, tudo era fruto da persistência prática do homem, o estudo da física, o avançar da ciência, tudo fruto de pesquisa e resiliência, de força direcionada. Não havia mistério. Tudo era conquistável e controlável desde que se tivesse as informações necessárias para isso. Mas o mar... ah, o mar! Esse que afagava as colunas daquela mesma ponte da minha infância, que a sacudia com tanta fúria, que fazia crescer em suas pernas de concreto corais e milhares de organismos vivos e inexplicáveis, o mar que se adensava e engolia a ponte inteira com sua água azul violeta, para logo devolvê-la aos nossos olhos envolta numa espuma branca e cintilante. O mar que não tinha medo de ser o mar. O mar que amedrontava minhas pernas franzinas de menino, pernas que eram como as colunas daquela ponte, que sozinhas não teriam a mínima chance, mas que juntas talvez, talvez... O mar que me assustava e me embevecia, que tinha seus dias de ferocidade, mas que também se dobrava dócil à nossa vontade, alisando as bordas daquela mesma ponte, fazendo-se espelho para os meus sonhos. Mas dentro dele, no fundo dele, sempre o inexplicável, a massa misteriosa da vida prestes a explodir e te invadir as narinas, te quebrar os ossos, te calar a voz pra sempre. O mar. Ana era o meu mar.

A PROCISSÃO

Quando menina, ainda na sua terra, lembrava-se de ter acompanhado uma procissão, de carregar entre as mãos uma vela acesa envolta em um papel em forma de cálice, "É para não se queimar com a parafina quente", lhe dizia a mãe. O rosto de Nossa Senhora, distante e sereno, de uma serenidade e uma paz raras naquela terra. As mulheres em coro se arrastavam como que levadas por uma força desconhecida, a menina foi ficando amolecida, como se seu espírito dormisse ao som daquela canção, que para ela era como uma canção de ninar, algo além dela levando o seu corpo. As luzes das velas reunidas tomavam formas enigmáticas e dançavam como que hipnotizadas por aquele canto, o cortejo serpenteando o centro da cidade, a tarde abafada desmaiando devagar nos braços da noite, o céu ainda rubro, quase escurecido, pontilhado por aquelas pequenas chamas, a procissão subia o morro em direção à Igreja. A estátua de Nossa Senhora à dianteira, sendo carregada. Nossa Senhora, a mãe de todas as dores, o modelo a ser seguido, Nossa Senhora que dera o seu filho ao mundo, que enxugara as lágrimas dos pobres e desgraçados, que jamais envenenaria José. Nossa Senhora que não sofria o calafrio da existência, que não tinha vertigens e ira. Nossa Senhora branca e intocável, fria e perfeita em sua carne de porcelana e tinta, cobrando daquela gente brandura. Ana não compreendia, não sabia aonde aquela mulher queria que ela chegasse, não tinha a intenção do sublime, só queria ser algo compreensível e calmo. Só queria dormir.

Lembrava da vela acabando, da ladainha entrando em seus ouvidos, em seus cabelos, em seus ossos, deixando sua carne mole para que o dedo de Deus pudesse tocá-la, afundar nela a sua força, para que Ele pudesse moldá-la, torna-la enfim pura e sacrificável. Tinha a impressão de que experimentava a ascese dos santos, a febre na boca, o repetir da música, o repetir das frases tantas vezes até elas se tornarem apenas sílabas e grunhidos pacíficos. Ser mulher era doce e sofrido, ela descobria, era fazer parte de uma grande corrente de lágrimas e sangue. Também sangraria em breve, verteria todos os meses a essência dela mesma, para depois reconstruir-se, esfacelada, buscar a carne, o altar da lógica, a paz, a salvação. Pensou que em tempos remotos essas mesmas mulheres, mas com outros rostos, faziam o mesmo percurso, acendiam tochas, rezavam às deusas, também elas incompreendidas, queimadas, encarceradas, tamanho era o mistério do qual faziam parte. Todas pequenas células insolucionáveis.

A procissão chegou às escadarias da igreja que tremulava sob as primeiras sombras da noite, a caverna. Ana letárgica e muda perdera o papel que envolvia a vela, a pequena chama ainda acesa, a lágrima quente da luz que carregava lhe queimando as mãos. Ela sabia que seria inútil buscar a luz sem antes fustigar a carne, as mãos vermelhas em sangue, vibrantes, pequenas. Nunca mais seriam as mãos de uma criança, nunca mais a surpresa entre elas. A menina minúscula, ainda em broto, ainda em composição celular, envolta por aquela grande massa de gente, engolia de uma só vez todo o mistério. Transmutava-se para além do corpo pequeno. Tornava-se mulher.

O HOMEM SECO

Escrevo hoje porque ontem estava triste. Porque ontem eu arrastava o corpo pela calçada tentando levar com ele os pedaços que caíam de mim. Porque às vezes somos apenas peças encaixadas às pressas, vem um vento forte e tudo se solta, e andamos constrangidos tentando fazer com que tudo volte para o lugar, mas não volta, somos como arquipélagos atingidos por uma tempestade, as grandes ondas lambendo os nossos pedaços, desfacelando tudo, deixando tudo ainda mais distante, pedaços de nós ligados pra sempre pela água da dor, pelo rio de nossas pequenas alegrias, pedaços de nós ondulando quase fora de nossas vistas. Escrevo hoje porque ontem eu estava triste, porque conheci um homem bom ao qual não pude dar o meu amor, porque esse homem havia secado por fora, eu vi que sua fonte de dentro agonizava, uma água fina, um filete de esperança correndo por aquele amontoado de escombros e galhos secos. A vida vai nos transformando e não nos damos conta do que vamos nos tornando, de que tipo de árvore seremos, que molde o vento da existência deu aos nossos galhos, somos todos estátuas de areia, montanhas móveis brincando de existir, mas fomos nascidos do mesmo sopro, moldados pelas mesmas mãos distantes, não estamos muito longe da planta ou da pedra, somos uma coisa, uma coisa que pensa, é só isso.

O homem que me pedia amor tinha mãos finas e pontiagudas, seu corpo esquálido se movia com ressentimento, como se seus ossos desafiassem a carne, como se ironizassem o vigor e a saúde. Ele tinha o tom de pele de um homem avaro, que não se dava, mas que queria tomar, pois que a vida lhe havia dado pouco. Tive calafrios, porque ser tocada por um homem desses é como receber o ósculo da morte, suas mãos hirtas e frias queriam reivindicar o calor da minha pele, vingar-se do sangue quente que corre por dentro dela, profanar o mistério, expor a paixão, já que ele não vivia, já que ele agonizava. Neguei-lhe o acesso. Dei a ele indiferença de fêmea e o que é muito pior, dei a ele compaixão humana. É tão perigoso uma mulher ser livre, nunca se sabe em que vala ela pode cair, em que vão ela pode tropeçar e ali, depois da queda, com medo ou cansaço de levantar, ela fica, presa entre mãos cinzas, destinada a um futuro de cinismo e sal. Desde pequena a minha missão tem sido me salvar desses perigos, me desviar das bocas, dos dedos, dos olhos que exigiam o meu hálito, a minha vida. Descobri que poucas pessoas chegam à maturidade donos de sua integridade, que todos vão se perdendo, deixando um ou outro pedaço pelo caminho. E pensei que deve ser muito triste chegar ao momento do confronto com o grande espelho e constatar que faltam partes importantes de você, não falo daquelas perdidas em combate, aqueles membros cortados para salvar outros mais importantes, esses não fazem falta, a ausência deles são como troféus a nos reverenciar a coragem, mas falo daqueles pedaços que perdemos por preguiça, por falta de vontade de existir, aqueles que barganhamos, que trocamos por rápidas conveniências, aqueles que damos em troca de conforto e alento. Oh, que todos saibam que não existe alento. Que não existe conforto. Nenhuma paz no fim do túnel nos espera, nenhum refrigério bíblico, nenhuma luz além daquela de dentro, aquela chama que carregamos em meio à fúria do que somos, em meio ao lamaçal no qual nos debatemos. Não há nada em nós que deve ser negado, subjugado ou vendido. Nossa liberdade é o oxigênio de nossas células, sem ela morremos, secamos, ficamos cinzas e quebradiços, como o homem de mãos finas e ressentidas. Nunca mais vi aquele homem.

OS PASSANTES

Na praça, ouvia a música, no café, pessoas sentadas acompanhavam a melodia. Beatles. Ana, em distância segura dos outros, mas nunca distante o bastante de si mesma, estremecia. Às vezes tinha essa febre no meio do dia, sem motivo aparente, seu corpo como uma massa mole e palpitante, "tudo lhe entrava com tanta nitidez!" Ela pensava. A música alegre, a tarde clara, os dias sem horror, mas nada a convencia, nem de que ela era triste ou alegre, nem mesmo de que era uma coisa no meio, era algo que simplesmente atravessava tudo, sempre rasgando, sempre doendo, sempre vasculhando os vãos escondidos, sempre encontrando um modo de ser entre as coisas mortas. Sentia o peso desses pensamentos no rosto, os olhos cansados, a pele assustada, nunca acomodada, envelhecia.

O cão brincava com outro cão na grama, uma fêmea. Ela pensou que talvez ele fosse mais feliz em outra família, com mais pessoas, onde recebesse mais calor, mas concluiu que deveria ser bom pra ele ter tanto silêncio, uma casa praticamente sua, apenas ela se esgueirando pelos cantos, envolta em suas filosofias, sem ocupar tanto os cômodos, ela não pesava muito, não por fora. Mas mesmo assim imaginou que ele preferiria ter a companhia de outra fêmea, mais sorridente e amável, menos em queda. Mas a vida era cheia de definições moldadas pelas circunstâncias. Ele adotado, ela praticante órfã, se agarravam ao que tinham e de certo modo eram gratos.

Depois, ela não esperava mais um grande arrebatamento da vida. Mentira. Esperava sim. Mas não acreditava que viria, o que tornava a espera mais triste. Como alguém na extremidade do cais que espera apenas porque se acostumou com o ato da espera, como quem se apossa de uma paisagem cinza, de um banco da estação de um trem. Uma mulher sentou-se no banco na frente do seu, com o filho, observavam o cão, o que lhe dava tempo para examiná-los com discrição.

A mulher de aproximadamente 60 anos, poderia até mesmo ter 50, caso a vida não a houvesse tratado bem, arquejava da caminhada, o filho adulto ao seu lado, Ana percebeu que o rapaz portava certa deficiência mental, pequena, o que lhe dava possibilidade de assimilar a tarde, desfrutar da música, mas estar alheio a todo resto. A senhora de olhos espantados parecia temer a morte, pedir que seu coração parasse de bater tão perigosamente, depois foi se acalmando, o terror lhe fugindo do rosto, os olhos adquirindo uma curiosidade infantil, era simpática. A banda agora tocava músicas antigas, o que fazia a mulher se lembrar dos tempos em que vivia, em que era leve, quando não precisava arrastar o filho frágil pelas ruas, lhe ensinar o nome das coisas. "Veja, isso é uma folha", "Olha, aquilo que respira de boca aberta é um cão", todas essas coisas que uma mãe ensina ao filho quando ele tem cinco, seis anos, mas aquele rapaz parecia ter mais de dezoito, o trabalho dela jamais acabaria. Mas Ana não teve pena, pois diziam que as mães sempre davam um jeito de encontrar a paz em meio ao sacrifício. Pensou que poderia invejá-la, talvez pudesse ser ela a andar pela praça com sua criança crescida, todos se admirando de seu sacrifício, quem sabia dormiria mais tranquila. Sim, eu poderia ser essa mulher, se eu não fosse tão egoísta, pensou, ela que detestava âncoras.

Uma senhora larga e pesada se aproximou da mãe e filho, o cão quis adiantar-se, cumprimentá-la, como sempre fazia. Ela fez um gesto ríspido. "Não toque em mim!", ela gritou. Depois, acalmada, explicou que tinha varizes, artrose severa, que tudo a machucava, que tudo doía, o externo então lhe era um risco. Ana não disse nada, apenas a compreendeu com o olhar, nem aborrecida, nem alegre. A mulher foi embora minutos depois, balbuciando coisas que não valia a pena lembrar, se locomovendo pesada com seu corpo de granada. A mãe levantou e partiu com o filho em seguida. Esquecera o cansaço, ele distraído com as folhas, pareciam felizes.

Ana pensava. Por que pensava tanto, não sabia Definitivamente não poderia ser considerada uma pessoa triste, tampouco melancólica. Se divertia, tinha amigos, era produtiva, colecionava êxitos. Mas algo dentro dela era sempre urgente, sempre pontiagudo. Talvez sua carne fosse afeita ao drama, macia, era facilmente penetrada pelas coisas, por vezes, os semblantes das pessoas das ruas afundando em seu peito, os corpos estranhos dos passantes sumindo por entre seus poros, areia movediça.

A tarde continuava com sua vida tomando tudo, movimentando a paisagem, enchendo o ar de movimento, Ana sabia da beleza daquilo, mas não via graça nas famílias, as mães com seus filhos, os maridos, não achava que aquilo resolvia a aritmética humana. Mas por certo que todo o aparato social lhes dava algum alento, lhes ocupava a cabeça, deixando-os desatentos e dóceis. No barulho de fora era fácil se distrair, imaginar certezas, amortecer a queda. Na tarde clara, tão cheia de amenidades, quase todos sorriam, camuflavam dores, amenizavam a lembrança de crimes, adiavam tragédias. Seguiam a música, a melodia lhes envolvendo o corpo, fazendo-os se movimentar como pequenas marionetes, quase contentes. De vozes parecidas, tomavam parte da trama, eram felizes, ninguém gritava.

CARTA AO PAI

A tudo sobrevivemos. Queria poder entender a nitidez do destino. Imaginar que nele entro com pés compridos, cheios de certeza. Amanhã, pai, amanhã estarei velha, poucos se lembrarão do que fui, serei uma marca antiga na parede, um grito no escuro, uma interjeição mal resolvida.

Sabe, há vidas que nasceram para o drama, desde cedo elas procuram a tragédia, algo pontiagudo onde possam esfregar a carne. De que serve uma pele lisa, sem marcas? De quase nada. Mas tenho vivido. Solitária, alta e orgulhosa. Sem grandes recuos. Aprendi a nadar, o que é admirável. Atravesso fronteiras, sei falar línguas, tenho visto o mundo. Tenho visto.

Mas olha...Veja... não consigo me dirigir a ti. Existe uma redoma que te circunda, que te coloca lá no alto, e quando eu chego, quando eu entro, fico sufocada, não consigo respirar.

Tento decifrar o teu rosto rígido, descobrir para onde tuas

mãos apontam, mas naufrago. Sempre que tento te navegar, naufrago.

Porque é fácil entender a maldade que vem do lado de fora. Desenhar o rosto estranho de um homem mau. Mas os semblantes de dentro, os rostos com os quais nos acostumamos desde cedo, do cheiro e dos traços que dizem; "Vem, é seguro", esses são difíceis de definir depois do fato. E então cada gesto funciona como um tiro à queima roupa, uma punhalada que se recebe no estômago enquanto se está brincando. Ou pior, sorrindo.

Já tentei me despedir tantas vezes. Entregar tua sina a um santo, encaixar teu caráter em alguma filosofia, provar que sou leve e boa, que perdoo, que perdoo. Mas não. Caminho na mesma espiral, vou para muito longe, apenas para voltar ao mesmo ponto, sentir o mesmo impulso, a mesma contração de onde fui expelida, a mesma dor, a dor fina, fina, que vai subindo, subindo, do baixo ventre até a têmpora direita, como um relógio, um batuque baixo me dizendo, sempre me dizendo; "É assim".

Não deveria estar falando sobre isso. A família não gosta, a mãe fica triste, e os ecos das minhas palavras não ficam bem na tua lápide. Aliás, me diga, por que as lápides são tão elogiosas, pai? Há sempre um homem honrado, um pai de família, um marido prestimoso impresso na placa. Ninguém escreve: "Aqui jaz um facínora", "Aqui repousa um homem terrível", ou "Aqui jaz um homem, apenas um homem".

Saiba que amanhã serei velha e então será quando vou arriscar ser mais compreensiva. Estaremos equiparados, seremos dois idosos com ossos e dores iguais.

E então tudo será diluído, esquecido, porque, por Deus, é preciso que os velhos esqueçam as coisas.

Mas até lá sou ainda adulta, rumino constantemente os fatos, não sou boa como esperam. Não sou.

VERTIGEM

Não, não terei nenhum conforto. É fato. Algo que também não tenho buscado. O conforto era algo que eu havia procurado no passado, procurado por todos os cantos e não havia encontrado. Agora eu não o queria mais. Passava então com precisão sobre os dias, atarefada, ociosa, entregue, mas sem esperá-lo, sem ansiar por algum refrigério.

No mais é como contar carneiros, tentar distrair o tempo e atrair o sono. Arrancar dos pensamentos qualquer ideia ondulante, ou não pensar em nada. Mas mesmo quieta estou sempre indo para lugares que desconheço, planícies onde não me sigo. Como resultado, devido a essa corrida, estou sempre em desalinho, as roupas amarrotadas, os cabelos tentando alcançar o rosto, o corpo espantado e duro. É como se uma grande força dentro de mim ricocheteasse nas paredes da carne, me arremessasse sobre as coisas e as pessoas. Mas não há desculpa, pois essa força sou eu própria, fruto de uma fermentação buscada.

Pequena, dentro de mim pequena, teço as linhas que me coordenam os movimentos, arquiteto estruturas novas, zombo dessa de fora, alta e reluzente, brilhante e fraca. A luz facilmente se dissolve sob a influência de outra luz, e então não se consegue definir uma da outra. Já a escuridão se destaca, cresce, leva todos ao sono, a olhar para dentro e lidar com seus seres também pequenos e incompreensíveis que lhes animam a existência. E não explicam nada.

Não, não sou muito diferente dos outros, quero apenas não fingir, não forjar os dias. Talvez o que carrego por dentro seja muito contagioso, a todos dou o mesmo resultado, o mesmo cálice incerto e venenoso. Mas antes disso, a felicidade plena, pois tenho vaidade.

Meu marido agoniza na cama, não experimento nenhuma culpa. Apenas a aflição da aflição que ele sente. Não sei se me orgulho de ter mexido nas cordas dos acontecimentos, mudado a função da engrenagem, mas um casamento feliz é algo tão aterrorizante. Porque uma vez dentro dele não há outro lugar para ir. E é preciso ir. Mas atingi o meu intento. Marcelo frágil e humanizado. Logo estará bem, mas consciente do perigo que é estar vivo. O que eu queria é que ele sentisse, que pulsasse como eu, porque o cinismo me exaspera. O cinismo resseca tudo ao redor, não há vida, só uma sobrevida. E é preciso viver. Alinhar nossos batimentos cardíacos ao tic-tac do mundo, seguir os minutos das dores, beber da tragédia humana. Isso de ficar sentado em casa se anestesiando, inventando um forte, um lugar onde a vida de verdade não chega, fazendo de conta que o mundo lá fora não sangra, é abominável. Jamais irei entender a burguesia. Mas não sou humanitária, nem caridosa. Apenas humana. Acho.

É isso. Acabou a aflição. Marcelo não precisa mais sofrer. Vou jogar o frasco do remédio fora. Não sou Deus. Ele que agora determine o curso das coisas. Eu quis apenas mostrar um desvio, lhe acenar outras possibilidades. Mostrar a esse homem o perigo e a beleza da vida. Era imprescindível fazê-lo já que a minha está ligada à dele para sempre.

Está decidido. Marcelo não mais sofrerá. Agora estamos nivelados. Respiramos da mesma atmosfera. Poderemos funcionar. Me dedicarei a ele, seremos felizes. Ou perto disso. Levanto-me para ajeitar os travesseiros dele, aliso sua testa pálida, eu o amaria. Eu o amaria ainda mais.

Alguém bate na porta da sala. Abro-a e vejo. O médico.

O MÉDICO

O médico era um homem franzino e alto, o corpo envergado pelo peso de seus setenta e oito anos, ainda medicava, cuidava de pacientes que havia ajudado a nascer, orgulhava-se de sua carreira no hospital geral, teria sido cientista, teria se dedicado às grandes pesquisas, teria talvez uma vacina com seu nome, não fosse a bronquite crônica que lhe acompanhava desde criança, mas sua carreira como clínico lhe rendera certo prestígio, estava satisfeito. Vivia só, comia pouco e se exercitava ao sol, comprava o jornal de domingo na banca da rua de baixo, tomava café da manhã na mesma padaria, era cumprimentado pelas famílias tradicionais que aos poucos iam sumindo do bairro, suas casas dando lugar aos prédios cada vez mais frequentes, não gostava das mudanças, não gostava do que o mundo havia se tornado, em juventude fora assíduo frequentador de saraus, apaixonara-se por uma moça, arriscara um poema, uma declaração, mas a bronquite lhe atacava sempre que seus nervos se exaltavam ou quando qualquer excitação lhe modificava o corpo fino, a doença não lhe dava chance de ir muito longe, no hospital porém, em meio aos pacientes e aos livros, ele encontrava o ritmo adequado, fora então vivendo, sem esperar muito, vivendo.

Marcelo era um menino adorável, vibrante, questionador, muito amado pelos pais, filho único. O médico o acompanhara no nascimento, as primeiras consultas, os primeiros acidentes da infância e adolescência, uma fratura no pé ao jogar bola, um deslocamento da clavícula durante o rugby, uma gripe forte na fase adulta, depois mais nada, se tornara um homem forte, trabalhava com o pai, tinha muitos amigos, o médico frequentava o mesmo clube que a família, costumava ficar na parte alta da varanda do restaurante observando de longe os banhistas na piscina, metade deles seus pacientes, dali fazia breves anamneses, Artur tossia, Helena aos sessenta e cinco mancava levemente, sinalizando talvez um possível problema neurológico, Marta engordara muito na altura da cintura, respirava com dificuldade, ficava vermelha com frequência, fruto talvez de uma sobrecarga cardíaca. Cuidava deles, de longe, cuidava, e ousava, ao cumprimentá-los, sugerir uma consulta, uma passada no hospital onde ele ainda atendia, sempre à tarde, duas vezes por semana, na sala no fundo do corredor que a direção lhe destinara, apesar da aposentadoria.

Marcelo era um menino adorável, o médico ficou intrigado quando o viu com Ana, ele tão solar e fixo, ela tão branca e fugidia, com aqueles grandes olhos negros, o médico via nela um desconforto, o modo com que colocava o corpo no mundo, algo nela estava fora do lugar. Uma doença, talvez? Uma arritmia, uma melancolia grave? Nada, o médico não sabia diagnosticá-la. Depois casaram-se, Marcelo parecia feliz, ela ia pouco ao clube, quando ia, ficava distante, lendo um livro nas espreguiçadeiras colocadas embaixo das grandes árvores, lugar pouco frequentado, parecia querer fugir do frisson do mundo que a cercava, as mulheres histéricas comentando sobre o baile da noite, ou sobre os vestidos da moda, era visível que tudo aquilo a exasperava, embora fosse educada. Se refugiava, escapava por longas horas, deixava Marcelo com os amigos e familiares, depois voltava, sempre amável e inteligente, tinha um bonito sorriso, mas era triste, mesmo que se esforçasse para não sê-lo. Poucos talvez notassem, diriam-na apenas excêntrica, profunda, ela com seus livros de filosofia, impressionavam-se com sua eloquência, com sua genuinidade, em seus melhores dias, ela deixava-se levar por uma nova ideia, pelas reflexões de algum autor que acabara de ler, que era então quando discursava, alinhavava conceitos, sugeria novos pensamentos ao grupo, mas ia sempre além, esticava a corda das possibilidades até causar certo incômodo na estrutura social em que vivia, e ao se dar conta disso, atenuava o discurso, relativizava conceitos visando agradar a todos, e de novo se retraía, de novo para seu mundo interno e misterioso, sofria.

 Marcelo ligara para ele numa noite de sábado, não se sentia bem, o médico lhe atendeu de pronto, morando no mesmo bairro, sabia da ojeriza que Marcelo tinha de hospitais. O médico o examinou, parecia uma indisposição estomacal, lhe inquiriu sobre sua dieta, receitou o fácil remédio, logo melhoraria, ficou contente em revê-lo.

Mas dois meses depois, de novo o chamado, a mesma enfermidade. O médico sugeriu exames, Marcelo protestou dizendo que apenas teria maior cuidado na alimentação, o médico não insistiu. Quatro meses depois, a mesma coisa, os mesmos sintomas, piorados pela constância, o médico dessa vez exigiu os exames, que foram inconclusivos, irritação estomacal, leve inflamação gástrica, causa desconhecida. Novo tratamento foi iniciado, dieta mais espartana, a partir dali era esperar que o corpo fizesse sua parte. Reestabelecido, voltaria à normalidade, afinal Marcelo era um homem jovem e de boa saúde. Seis meses depois a mesma coisa, quatro meses depois desses, também, e assim sucessivamente por dois anos. O médico anotava a data das crises, desenhava a curva de intensidade, pesquisava sobre novas doenças, enfermidades parasitárias, fungos.

Uma noite sem ser chamado, foi visitar o paciente, encontrava-se em leve crise, dessa vez a esposa não havia lhe telefonado, entrou no quarto na penumbra, admirou o esmero de Ana em cuidar do marido, as janelas entreabertas para entrar ar fresco, as cobertas dobradas até o peito do convalescente, os travesseiros organizados embaixo de sua cabeça para o seu maior conforto, a água, as compressas. Enquanto o médico o examinava, Ana deitava-se ao lado do marido, na altura de suas pernas, lhe massageava os pés por cima das mantas, parecia um bicho pajeando uma cria, olhava para o marido com adoração, sua aflição era verdadeira, mas a doença intrigava o clínico, àquela altura era natural já ter encontrado a causa, um mal funcionamento do baço, uma deficiência renal, qualquer coisa, mas nada. Marcelo perdia peso, pouco, mas perdia, os olhos vibrantes apagados, o rosto antes enérgico empalidecido, aquilo não era bom, o médico voltou pra casa, os grandes olhos negros de Ana o acompanhando o curto percurso, intrigante mulher. Por semanas e semanas, o médico se dedicou a pesquisar o caso, ligou para amigos, colegas de trabalho, infectologistas, sanitaristas, especialistas, encomendou novos livros, fez plantão na área de hepatologia do hospital, indagando aos profissionais da área possíveis causas para aqueles sintomas. Intoxicação contínua, era tudo o que diziam, era preciso rever os hábitos, descobrir o processo alérgico, identificar a causa. O médico teve um estremecimento, finalmente decidiu considerar uma possibilidade, não poderia acreditar, mas era possível, já testemunhara casos do tipo, geralmente em relações abusivas, esposas acuadas tentando punir ou arrefecer os ímpetos do marido, os envenenavam aos poucos, era comum em lares abusivos, mas não era o caso de Marcelo que era um bom menino, que adorava a esposa, viviam felizes, não fazia sentido. O médico continuou em suas pesquisas. Na semana seguinte, recebeu a notícia da internação de Marcelo, a esposa chamara a ambulância, depois pedira que uma enfermeira ligasse para o médico que encontrou o paciente em coma e ainda sem causa definida para o seu estado. Falou com a equipe de clínicos, fez muitas perguntas, voltou pra casa, estava decidido, algo deveria ser feito.

NO HOSPITAL

"A cada braço uma força." Assim já disseram. Eu da vida entendo pouco. Reconheço que caminhamos em pontas de navalhas, tentando equilibrar o corpo para que ele não caia. De um lado, o escuro, as vozes, a loucura. Do outro, a claridade, que machuca, a mão humana, outra carne também trêmula e amedrontada, pronta para matar, mas nunca, nunca pronta para morrer. Por exemplo, veja o caso desse médico. Esse homem já velho, de costas curvadas e olhar arguto. Esse homem não morre, apesar do tempo ter se agigantado sobre ele, esse homem não morre. E esse homem me odeia. Ou pior. Esse homem tem medo de mim. Cuidou de Marcelo a vida inteira, médico de família, coisa de gente tradicional. Passaram-se alguns dias e Marcelo entrou em coma. Provavelmente eu não soube dosar bem o remédio, porque as minhas mãos também tremem diante de fatos importantes. Marcelo entrou em coma, eu estive ao seu lado até então. Segurei suas mãos frias, enxuguei-lhe a testa, dormi debruçada sobre o seu torso ao som daquelas máquinas insuportáveis, sentindo o cheiro de remédio e éter saindo de seus poros. Pensei que esse seria o meu castigo. O corpo fustigado pelas noites quase insones, o coração em sobressalto, esperando que Marcelo acordasse, ou temendo que ele nunca mais abrisse os olhos, noite inteiras, temendo, temendo. Mas não. Os médicos não descobriam a causa. Não encontravam o remédio em seu organismo. O coma era devido ao colapso do corpo devido às convulsões durante as crises. Um órgão comprometendo o outro, todos se movimentando em silêncio, de mãos dadas e cúmplices, não se denunciavam. E talvez houvesse ainda uma chance, ele poderia melhorar, os médicos diziam, um homem forte, eles diziam. Ele poderia melhorar e voltaríamos para casa. E eu jamais repetiria o erro. Jogaria o frasco daquele remédio fora. Aquele frasco de sessenta cápsulas que pareciam multiplicarem-se ao infinito quando divididas e fracionadas pelo meu medo, eu que queria o meu homem em doses homeopáticas, que não o suportava inteiro, eu que o temia, que temia o amor que ele me dava, eu que queria apenas um pedaço dele, um pedaço contornável e seguro. Eu jamais repetiria o erro. Mas aquele médico. Aquele homem franzino e curvado, astuto e educado, se debruçara sobre o caso, perdera noites de sono, falara com amigos, consultara especialistas, conhecia o seu paciente, de quem cuidava desde menino, conhecia a fisiologia humana e seus meandres e melindres, e sobretudo conhecia a alma de uma mulher e os perigos que moram dentro dela. Aquele homem descobrira o cerne, mergulhara fundo no mistério, nunca me tolerou. Achou estranho quando eu entrei na família, tão ereta e silenciosa, ele sabia. Realizou pesquisas, ligou para amigos na madrugada, refez exames, descobriu a causa, achou escondido entre os órgãos de Marcelo os resquícios do pó alaranjado que eu administrava tão meticulosamente, esse médico conseguiu pegar meus dedos em ação e dizer; "Pare". "Pare". Talvez eu devesse lhe agradecer, mas não lhe agradeceria. Também não lhe odiaria. Tudo fazia parte de um grande orquestramento, um ajuntamento de coisas incompreensíveis, como aquele lixo que vai se juntando na superfície de um lago, dejetos que não se conheciam antes, que não possuíam nenhuma ligação, mas que agora, que agora flutuavam juntos, amontoados, sórdidos, sem defesa. Marcelo e sua dor, eu e o meu medo, o médico e sua justiça. Todos servíamos a um grande engendro. Eu não temia as consequências, nem tinha orgulho do que fiz, apenas o espanto, o espanto de ver meus atos me levando para o mesmo lugar da infância, para o mesmo ponto de partida. A violência, a catástrofe, o amor como um barril de pólvora sempre prestes a explodir. Mas não culpava os pais, talvez em mim sempre existisse a inclinação para o desastre, desde o dia em que acendi com tanta segurança o fósforo no armazém do velho, do modo prazeroso com que observei as chamas. Ninguém havia me ensinado aquilo. O gozo era unicamente meu.

    O médico chegou com dois homens. Os homens falaram comigo coisas que eu não consegui entender. Um deles colocou minhas mãos para trás e algemou-as. Eu estava presa.

    Antes de ser levada para fora do quarto, olhei para Marcelo. Tão pálido, tão entregue. Eu o amaria para sempre.

Não. Não tenho medo do castigo. Em mim também o lábio furioso. Vou falar agora de Deus. Ó Deus, não há nada que faça secar a fonte. As palavras me acompanham vastas e orgulhosas sobre um campo largo e luminoso. Alto é o meu entendimento. Pequeno o meu corpo. Corpo que trepida sobre a força de dentro. Queimo, Deus. Queimo. Sou assim. Sigo o percurso. Queimar como condição de humana, como hábito humano de existir. Buscar a chama, ser a chama, fazer luzir a brasa. Depois lamber as cinzas da memória, buscar a terra, o ar, o atrito. E então de novo o fogo. Um corpo humano, teimando, existindo, existindo. Uma faísca nas mãos de Deus. Viver. Para depois voltar ao mesmo tempo, à mesma terra dura e incerta, morder da mesma carne, afogar no mesmo dilúvio, queimar na mesma fogueira: os cabelos acesos, os olhos em chamas, a mesma prece na boca. A busca. Buscar e buscar a mesma fonte. Morrer aos pés da fonte. Ser a fonte. Até perder a mania de existir. E então, como ondas de si mesmo, arquejantes, incompletas e famintas, lamber a terra de uma planície nova e iletrada. Arrastar a cauda sobre a areia, sangrar as escamas até criar pele. E pernas. Andar e andar e andar. Nascer e morrer. Refazer por milênios o mesmo caminho. E não lembrar de nada. Ser de novo uma criança e sorrir alheia em meio ao caos. Não. Não consigo chegar até o Deus. É verdade. Não tenho executado a tarefa. Não tenho subido ao pódio. Dito a palavra certa. Das minhas mãos nenhuma mágica, nenhuma fórmula para o sempre, nenhum abraço agendado. Os dias passam e a casa de dentro vai ficando vazia, os móveis sumindo aos poucos, os cômodos em silêncio, as paredes nuas de memórias. E o que resta é um espaço aberto por onde caminho. Difícil ouvir o som dos próprios passos na madeira. Saber o momento exato em que manco. Não há luz na escuridão de dentro além daquela que acendo com os olhos, piscando-os, intermitentes sobre o mundo, sobre as pessoas, tentando, tentando. Talvez um dia se defina alguma forma e eu possa dar nome às coisas que vejo de longe. Talvez um dia a grande luz nasça no rasgo de um amanhecer distraído, onde anjos deixarão cair do bolso graças aos passantes. Talvez então a voz de dentro se acalme, o lastro de sangue por detrás dos calcanhares esmaeça. Talvez então eu seja outra pessoa. Ou essa mesma de agora, com esse mesmo rosto de espanto, porém mais velho e resignado. Talvez até lá eu tenha aprendido uma oração. Talvez eu saiba dormir pacífica sobre mim mesma. Aprenda a não deixar que a noite me abrace de todo. Talvez então seja finalmente uma mulher, que vive e respira pausadamente. Que vive. E deixe de ser apenas esse corpo em chamas.

Mas tento novamente. Deus, não tenho dito nada que seja inédito. As palavras precedem os sentidos, os homens ainda escrevem a história. E no final o que sobra é um emaranhado de porquês. Não encontramos sentido para o ontem e por isso o hoje é permeado de medo. Tudo nos escapa ao entendimento e caminhamos cada vez mais céleres rumo ao desastre. Não há quem nos tire o temor dos olhos, quem nos amorteça a queda, não há quem nos afague a existência. Ser é por si só uma tragédia aguda, trama urdida por paisagens antigas cujas janelas já foram fechadas. Nos alimentamos de frestas, não sabemos reconhecer a vera luz. De novo as projeções nas cavernas, o fogo acesso pelo mistério, o desenho incerto na parede, o eco distorcido pelo tempo. Somos filhos de um pai ausente, herdeiros de um idioma indecifrável. Agora; aproxima-Te de mim, Àquilo que chamam Deus. É preciso que eu morra para que eu entenda. Vem, coloca sobre mim a túnica do fim. Deixe que eu morda tuas mãos de éter. Serás testemunha da minha carne. Verás o quanto ela dói.

A VISITA À FAMÍLIA

Na sala escurecida, abraçada pela penumbra, Ana que se tornara uma moça, alva e destacada, esperava o silêncio ser quebrado. Poucas janelas e poucos quadros na parede, nenhum ornamento, nenhuma distração para aquela vida tão crua e tão dolorosa. Sentada na poltrona do meio, a única sem furos e rasgos, destinada às visitas, sentia-se em uma espécie de trono, ou no banco dos réus, afinal dava no mesmo. A mãe a olhava com doçura e medo, as irmãs com desconfiança. Tentavam. Garimpavam dentro de si as memórias da infância, das brincadeiras e dos momentos leves em que sorriam. Eram tão poucos. Era tão distante aquela infância, aquela familiaridade, tão longe que nem que todos se juntassem e nadassem a braçadas largas chegariam até ela. Até Ana, a esfinge. Ela era um ser tão longe quanto as quilometragens que os haviam separado quando pequenos. Ana, a menina prodígio, a que estudou em colégio de rico, que foi para Paris, que namorou homens altos e bonitos, a que sabia bordar, falar idiomas e confeccionar ornamentos florais, a que tinha dinheiro. Ana, a atípica, a fina, a distante, a maculada pelo pai. A que sangrava.

Dolorosos os minutos aqueles em que ela tentava dizer algo coerente com a circunstância, algo apreciável sem parecer esnobe. Ensaiou perguntar sobre a vida de um ou outro sobrinho, mas as informações que lhe chegavam estavam sempre defasadas, um já havia crescido, outro se formado, outra ainda havia tido filhos. De qualquer modo, eles, os parentes, sempre lhes escapavam. Ou seria ela que escapava deles? Não saberia dizer. A mãe, condoída por aquela falta de ligamento, pela falta de azeite entre a engrenagem que compunha a relação daqueles irmãos, se desdobrava para que se sentissem à vontade, iguais. Esticava-se inteira a matrona, oferecia água, um biscoito, uma toalha para enxugar o suor da testa, o lugar era tão quente. A mãe era como uma ponte fina e estreita a baloiçar ao vento, rodopiando do alto do precipício, desejando que de certo modo eles atravessassem aquilo tudo. Tinha ciência do naufrágio a que submetera os filhos, ligar-se a um homem violento, casar-se com ele, e dar-lhe um filho, e depois outro, e outro. E ainda outro. A insistência em viver aquele amor apesar de tudo, apesar das casas destruídas, dos móveis quebrados, dos dentes perdidos. Viver aquele amor como uma passeata insana, ela e seu desejo, ela e sua derrota sendo arrastados em praça pública, à vista de todos, à vista dos filhos. Ela tripudiada por aquele homem, humilhada por aquele homem, amada por aquele homem, saciada por aquele homem. Ela sabia. Mas não se culpava. Ou talvez se culpasse pouco. Havia vivido o amor que desejou ter vivido. Era como alguém que colocava a cabeça dentro da boca de um leão, pagara o preço, mas ganhara o aplauso, o gozo. Era uma mulher cheia, de uma fonte que nunca secava, ou que secava pouco, uma mulher de poucos pesares, feita para a alegria, apesar da tragédia em que vivera, era orgulhosa demais para ser triste. Fora bem-educada, de família harmoniosa e próspera, tivera uma infância segura. Era mais fácil aceitar o destino. Tinha uma base. Já os filhos, os filhos vítimas da hecatombe, eram visivelmente sobreviventes de guerra, cada qual mancando ao seu modo, lustrando suas medalhas de honra ao mérito, arrastando suas muletas, haviam sobrevivido, mas jamais caminhariam sozinhos. Ana, nesse ponto, e talvez apenas nesse ponto, não ficava muito distante deles. Ao menos nisso se reconheciam.

Mas era difícil encontrar uma amálgama para a história que os unia. Às vezes lembravam um episódio trágico o qual logo tratavam de transformar em comédia e riam satisfeitos, haviam vencido. Mas logo voltavam para a penumbra de si mesmos, o eco das risadas caindo pelas paredes da sala, suas sombras envergonhadas se escondendo daquela alegria ilícita, eram desajeitados para as coisas boas da vida. Felicidade era algo distante e temível. Como uma estante que nunca se alcança, por mais que se tentasse. Os irmãos acabrunhados e abatidos, eram os mais dolorosos de serem observados. Os olhos baixos, as mãos carentes de vitórias, sabiam-se perdidos e sem êxito, o corpo curvado e sem vontade, andavam como que soprados por uma brisa sobrenatural, como se a morte ainda brincasse de animar aquelas carcaças já sem vida. Eram diferentes das mulheres, que embora saqueadas, mantinham-se altivas, não escondiam suas marcas, lutavam, lutavam. Uma delas, engolida pela amargura, mastigada pelo ressentimento, cinco filhos, um marido assassinado, a pobreza sempre constante, desde seus primeiros dias, até esses de agora, onde já estava quase velha. Era ríspida, pessimista, insuportável. A outra, mais nova, muito doce, tresloucada, como fuga encontrara a bebida, e a luxúria. Era a única mais farta de corpo e por isso não se negara à vida, havia casado, tido filhos, netos, amantes, muitos amantes. Falava com a efervescência do pai quando bêbado, naqueles minutos em que ele ficava eufórico, para logo depois ficar violento e destruir a casa inteira. Era a mais alegre do bando, mas de uma alegria histérica, quase insana, meio imbecilizada. Ela também fugia.

As outras duas eram as que haviam aparentemente chegado mais perto da normalidade, cedo se entregaram à religião, à família, trabalhavam muito, dedicavam-se em excesso, recebiam pouco em troca, os maridos, farejando suas necessidades, abusavam, deixando para elas a responsabilidade de ganhar o dinheiro grosso, de se sacrificarem pelos filhos, enquanto eles posavam lustrosos e gordos de cônjuges, adivinhando a sede que elas tinham de manter uma família equilibrada. "Ao menos eles não batiam", elas deveriam pensar. Contentavam-se. A falta de violência era o que de mais perto elas poderiam chegar da felicidade. Não pediriam mais.

Em alguns momentos, lembravam-se da irmã morta, a mais velha. Boa, responsável e culpada. Culpava-se pela relação dos pais, cuidava dos irmãos enquanto a mãe ia ao médico para tratar dos machucados, ou quando fugia de casa ao descobrir que o marido guardava um facão embaixo do colchão. Velava pelos irmãos, cozinhava para eles, alimentava-os, cantava para eles nas tardes em que a mãe saía para visitar um amante, no exercício da desforra, já que o marido a traíra tantas vezes. Que inferno aquela vida. A irmã mais velha morreu de tuberculose, juntou-se com um homem mulherengo e preguiçoso, talvez mais cruel que o pai, pois não a batia, mas era inteligente o suficiente para fazê-la sentir-se desprezada e culpada ao mesmo tempo. Ela trabalhava muito, fumava muito, morreu aos vinte e nove anos, pesando vinte quilos, não queria viver, amava demais aquele homem, o homem que a traía e a desprezava, deixou quatro filhos.

Ana lembrou-se de um dia, quando muito pequena, onde flagrou essa irmã com o marido, os dois nus na cama em posição que ela julgou muito desconfortável, estavam frenéticos, havia um silêncio pesado no ar, como se dissesse que eles estavam fazendo algo errado, mas talvez errada estivesse Ana em espiar. Lembrou-se do corpo nu da irmã, ela também era uma mulher, como a mãe, Ana descobriu naquele dia. Ana teve um estremecimento. Na sala, cercada pelos irmãos e pela mãe e também por todas aquelas lembranças, ela começou a sufocar. Mudou de posição. Percebeu que seu corpo muito ereto e educado poderia ser recebido como um insulto pela família. A família. Lembrou--se de novo da irmã, do corpo nu dela sobre o marido. Tentou lembrar o cheiro dela, mas nada vinha. Era terrível lembrar-se assim de uma morta, uma morta que havia feito sexo, que havia gozado com seu homem, que havia lhe dado filhos e depois morrido. Ana gostava de observar as coisas a fundo, mas aquela era sua irmã e isso não ficava bem. Mas era impossível separar as coisas em cômodos tão pequenos, tão sem luz e sem ar. A pobreza não era um lugar amplo ou arejado. Ajeitou-se de novo na cadeira. Puxou então outra memória da morta: ela dançando com o marido na sala de uma casa vizinha, alguém dava um baile, eles dançavam agarrados e felizes, as roupas amarrotadas e pobres, os rostos desavisados de suas sinas, ele um dia seria um bêbado atormentado, ela logo seria uma morta, um espectro a lhe acenar de longe.

Naquela noite em que dançavam, já teciam suas tragédias, mas não sabiam. Sorriam e eram felizes, talvez isso bastasse. Ana fixou essa memória no alto da testa. Queria ter uma lembrança bonita da irmã que havia sido boa e calma. O que valia muito naquele mundo.

Mas a lembrança do corpo nu da irmã a fez lembrar do corpo do pai. Era um homem bonito, a mãe também havia sido uma mulher bonita. E ainda era. Lembrou-se de como os dois se amavam e de como era fácil ouvir os dois se amando naquelas casas de paredes caiadas e portas improvisadas de cortinas. Lembrou que também compartilhara com a mãe o mesmo corpo, o mesmo homem gemera sobre as duas. "Insuportável." Ela pensou. E pensou tão forte que achou ter aberto a boca e dito o pensamento em voz alta. Arregalou os olhos apreensiva, investigando a reação das pessoas da sala. Não. O silêncio continuava. Embora nos olhos de todos também morassem todas essas informações, talvez não na mesma ordem, talvez não com as mesmas cores, mas provavelmente os irmãos e a mãe também pensavam o mesmo que ela. O silêncio entre eles era como um mar escuro, cheiro de sussurros e imagens que lhes invadia os ouvidos e os olhos. Ana pensou que por vezes todos estavam moribundos, à espera da morte, do esquecimento. O ar lhe faltava.

Os minutos passavam. "Insuportável", ela pensou de novo. Insuportável como no dia em que ela viu o pai pela última vez, em uma de suas visitas. Visitas também permeadas pelo constrangimento e pelo silêncio. Ela sentada na frente do pai, o quarto semiescuro, naqueles lugares nunca entrava luz o suficiente, o pai em ruínas sentado diante dela, as mãos e os pés hirtos como galhos secos, a barriga grande, a cirrose. Lembrou que ele lavava com muito esforço algumas peças de roupas íntimas afundadas numa bacia de inox, a água rala azulada pelo sabão de quinta, ele afundando os pés naquilo porque não tinha mais forças nem habilidade nas mãos, as mãos dele, antes grandes e imperiosas, agora receosas e tremulantes. Morava sozinho, no quarto de cima da casa da ex-amante, que havia lhe tomado tudo, ele agora na ruína, corroído pela cachaça, dormia num colchão com espuma exposta, não tinha lençol e nem travesseiro. Ana teve pena. Não do homem de antes, o homem de antes sempre seria grande e pesado, mas desse de agora, leve e contorcido como um galho no deserto. Ele fez algumas perguntas a ela, a escola, a formatura, o noivo. Perguntou se um dia ela voltaria a morar na mesma cidade em que nascera, perto da família. "Nunca". Ela disse de pronto. E olhou fundo em seus olhos. Ele sabia. E talvez para disfarçar o embaraço, brincou um pouco, lembrou as aventuras da mocidade, disse-lhe que o pior da velhice era ter tanto tempo para pensar no que tinha feito. Ana empertigou-se na cadeira, talvez à espera de uma palavra, queria tanto redimir aquele homem. Mas ele logo se afastou desse momento, brincou ainda sobre o quanto fora belo e venturoso, que as mulheres lhes caíam aos pés, "Não fosse a bebida...", ele disse. Como se a bebida fosse um ser vivo a lhe tragar a vida à sua revelia, como se ele não tivesse nenhuma responsabilidade sobre aquilo. De repente seus olhos mudaram de cor, iluminados por uma chama que Ana conhecia, olhou-a inteira. "Você se tornou uma mulher bonita", ele disse. "Se eu ainda fosse jovem...", ele disse. Os olhos luzindo, o canto da boca sorrindo, sem nenhuma responsabilidade. Ana levantou-se da cadeira num salto e saiu.

Marcelo a esperava do lado de fora. "Se ele tentar alguma coisa com você, eu o mato." Ele havia dito, o homem prático.

— E então? — Perguntou-lhe Marcelo, o rosto lívido.

— Ele está morrendo — ela respondeu seca.

Jamais falou sobre o comportamento do pai naquela tarde. O silêncio era como uma mortalha gelada que ela teria que carregar para sempre.

De volta à sala da família, Ana sentia-se afogar-se naquele martírio. Gostava de ver a mãe, de sentir-lhe o abraço, de sorver-lhe o cheiro, mas todo o resto era doloroso demais. Os irmãos quase inertes, as irmãs desconfiadas, talvez se ressentissem com o que havia acontecido entre ela e o pai. "Por que não com uma de nós?" Uma delas havia dito. Talvez a mãe também se ressentisse por ela conhecer o corpo do seu homem. Talvez, talvez... Mas o que sabiam? Se Ana, que viajara o mundo, que devorara filosofias, que discutira calorosamente sobre os meandres da existência, era tão refém daquela casa e daquela vida quanto qualquer um ali presente? Não importa, ela pensou, seremos sempre escravos das circunstâncias.

A tarde caiu e ela foi embora. Beijou a mãe com tristeza e embaraço. Saiu dali sabendo que um séquito de zumbis observava cada centímetro dela. Ela, aquele ser tão distante e tão diferente. Talvez abençoassem seus passos, talvez os amaldiçoassem, ela jamais saberia. Eles também eram enigmas. Olhou para trás. A mãe acenava da porta de madeira descascada. Ana virou a cabeça para a rua, seguindo, como sempre, uma linha reta que apontasse para longe. Pediu a Deus para nunca mais precisar voltar.

NO FIM

Da cadeira do velho casarão, ela observava. O grande pátio com telhado alto de amianto de onde um ou outro recorte transparente deixava entrar um pouco de claridade. Mesas pequenas com quatro cadeiras espalhadas pelo ambiente, uma ou outra cuidadora atravessando o espaço com uma tigela de sopa na mão, uma enfermeira aferindo a pressão de uma senhora no canto, o refeitório, o asilo.

Os velhos tomavam sua última refeição às cinco da tarde, depois apenas um chá com biscoito às oito da noite, em seguida o escuro completo nos quartos largos com quatro camas, quer o sono viesse ou não. Ana não temia o escuro, dele se servia à larga, os espectros do passado tomando forma, mais distintos e eloquentes, sem a confusão da luz opaca do dia. Lembrou-se do tempo na prisão.

Era o final da tarde, hora que mais odiava, hora em que aquela iluminação branco cintilante deixava tudo mais à mostra, os rostos flácidos dos outros velhos se movendo quase sem mímica, o buço escandaloso de uma senhora, a pele sobrando nos braços de outra, a decrepitude, o fim. Mas ela não temia o fim, odiava apenas que o fim agonizasse tanto, que se agarrasse tanto à vida, que não cumprisse seu papel, que não terminasse. Não havia sentido em viver daquela maneira, a carne descolando dos ossos, os músculos cheios de inflamação, as articulações rangendo de secas, ou cheias de pus, os pulmões cheios, ruidosos, nunca satisfeitos com ar que entra ou saí deles. Na velhice extrema, tudo entra em colapso, os dentes apodrecem, as gengivas reclamam, os dedos se tornam imprecisos, duros, tortos, não tocam mais as coisas, não afagam mais os rostos, não sentem mais a textura. Nesse estado, apenas uma ou outra alegria manca: o café com leite quente, o pão com manteiga, um cozido com legumes bem-feito, coisas que te deixam entregue ao passado, a memória afetiva aguçada pelo paladar, um bolo de aniversário, pequenas vitórias em semanas cinzas, para logo depois serem compensadas pelo desespero dos intestinos, que não seguram mais nada, ou seguram em demasia, para logo ser acometida pela azia, pelo enjoo, pela afta, pelo refluxo. "É um inferno", ela pensava. Teu corpo inteiro desmoronando, as células compromissadas colidindo entre si, os órgãos moribundos se agarrando a outros por fios de tecido mal irrigados, órgãos comprometendo outros órgãos, levando-os à falência, morrendo e fazendo morrer, como as pessoas fazem umas com as outras durante a vida. Depois a dor, a dor aguda, a dor fina, a dor grossa, a dor escondida, a dor que anda, que se espalha, que lateja, que arranca, a dor no dente, a dor na nuca, a dor nas pernas, nas mãos, no peito, no útero, na bexiga, a porra da uretra entupida, a sonda queimando a carne ressecada, urinar é uma tortura, defecar é uma benção, dependendo do dia. O corpo humano, a maravilhosa máquina quando nova, o cárcere de carne quando velha, túmulo andante, ruminante, uma estátua de carne se transformando em pedra, ressecando por fora, matando tudo por dentro, matando, matando. E à noite, a terrível sinfonia; no escuro, a tosse dos velhos, a arritmia dos velhos, o gemido dos velhos, a dor acalentada, a dor resignada, a dor revoltada. A dor no reto, a dor nas entranhas, os dedos dos médicos invadindo aquele monte de massa apodrecida, lavando, examinando, costurando. "Pra quê?", ela se perguntava. Seu corpo manipulado, reanimado, reidratado, e sempre invadido, sempre um corpo público. Ninguém perguntava se ela queria morrer e como ela queria morrer. "Bando de hipócritas cevados de culpa cristã", ela pensava. Fazendo caridade a custo da desgraça alheia, deixando-se ver ajudando os velhinhos necessitados, tentando lavar o sangue de suas violências cotidianas em nossas carnes! Ah, os voluntários eram os que ela mais odiava. Um monte de gente desocupada, com aquelas carinhas de quem traz a salvação e o alívio nos olhos.

Calhordas! Homens deprimidos, mulheres entediadas, largadas, traídas, frígidas, consumidoras vorazes de tarja preta tentando dar à vida algum sentido. A caridade. Depois vinham os religiosos, aos bandos, como abutres tentando angariar mais ovelhas para o seu rebanho de corte, mesmo que essas já estivessem quase mortas, tudo valia, o importante era que validassem suas loucuras. Ah, depois esperam de nós uma atitude grata, se ressentem caso discordemos de suas convicções ensandecidas, ou caso não dermos a atenção desejada. O grande palco do humanitarismo, ridículo, patético, hediondo. Se apenas deixassem os velhos em paz. Tudo o que precisamos é que nos deem remédio para parar a dor e que nos arrumem um jeito de morrer de forma rápida e eficaz. Deixamos a culpa para vocês que estão vivos, que ainda se debatem nessa terra insana. A nós o silêncio dos dias, o escuro da noite, o não sentir, o finalmente não sentir.

    Mas Ana odiava aquele horário da tarde, a luz branca espocando nas paredes, os velhos sorvendo a sopa numa lentidão irritante, o prenúncio de uma noite que se aproximava, longa, implacável, cheia de memórias. Marcelo. O nome lhe vinha como um relâmpago na cabeça, lhe atravessando os neurônios hirtos, cortando a massa espessa da noite escura de sua mente. Marcelo. Muitas vezes a visão dele era tão nítida que sentia que se esticasse a mão poderia tocá-lo, ele jovem e bonito sob o sol, sobre a vida, sobre ela. Lembrava de quando faziam amor, de quando se banhavam na praia, tão jovens e tão belos, os músculos tesos e tonificados, os dois corpos como dois mísseis prontos para dispararem, para colidirem. Ah, se soubesse a liberdade que tinha! De andar sem cuidado, de correr pelas ruas, o corpo rápido respondendo aos comandos, o sexo, o gozo. Ana se masturbava de vez em quando, e isso parecia incomodar as enfermeiras e as colegas de quarto do asilo. Ser velha era ser tratada como a porra de uma criança, ou pior, como uma santa, como se ela nunca tivesse sido penetrada na vida, como se ninguém nunca lhe houvesse beijado os seios. Ah que corpo lindo ela tinha! Agora essa coisa imprecisa, perigosa, passou a vida inteira falando de precipícios, se esquivando de grandes quedas, e agora seu corpo era o próprio despenhadeiro, poderia a qualquer momento cair dele mesmo, rachar a cabeça no meio, espatifar o fêmur no pátio de cerâmica do asilo. Andava se apoiando pelas quinas das coisas, era imprescindível que as coisas agora tivessem quinas e bordas, largas, polpudas e firmes, tamanho era o medo que tinha de cair de si mesma, o espírito aterrorizado dentro daquela caixa oscilante. Observava que a maioria dos asilados daquele lugar também se movimentava da mesma maneira, numa dança trêmula e humilhante. E traziam os olhos gazeados, distantes, todos mergulhados, todos dentro da água de dentro, todos navegando o próprio mar.

Marcelo. O relâmpago de novo. "O que havia sido dele?" ela se perguntava. Sim, porque por vezes esquecia tudo e então era como engatinhar novamente. Remontar um quebra cabeça, redecorar uma sala velha, mas com mobílias novas. E então as lembranças eram como móveis que ela sabia que tinha, mas que não sabia onde os tinha deixado, não conseguia lhes dar nome. Poderia perder horas do dia apenas tentando decidir em que lugar colocar o sofá, ou a TV, ou para que diabos serviria uma TV tamanho era o distanciamento que tinha das coisas naqueles momentos de confusão. E ela sempre deu grande valor às coisas.

Mas havia dias em que acordava dona de uma lucidez cirúrgica, os pensamentos asseados, revia sua vida, sabia-se velha, que havia tido uma existência satisfatória, julgava-se feliz. Afinal, todos envelheciam e morriam. Nessas horas de inédita resignação, ela se recostava na cadeira, ria com um colega, aproveitava o sabor das refeições, sentia-se em paz. Mas logo em seguida esses mesmos pensamentos rebelavam-se, outros apareciam, furavam fila, reivindicavam verdades, não aceitavam retoques, exigiam a revisão dos atos, duvidavam de certezas e datas, e então a desordem começava. As frases girando em sua cabeça, os personagens do passado gritando com os dedos em riste e ela ficava ofegante, à beira da loucura. E a noite então era um tormento, um corredor longo e doído que ela atravessava com aquele corpo machucado e vacilante, a turba de desafetos rindo dos seus traços, dos seus gestos imbecilizados, eram as poucas horas em que ela realmente tinha medo. Recebia a manhã suada e grata, a luz então era como uma benção, o sono e a doença coisas esperadas como uma febre boa, ansiava a morte pacífica, o sono sem sonhos, a mente sem lembranças.

Em outros momentos, adquiria total autonomia de si mesma, nem a paz infantilizada dos fracos, nem a loucura dos vivos, era apenas uma mulher humana, que havia vivido como conseguira viver. Lembrava-se com ternura das pessoas queridas, a magra senhora de sua infância, do rosto e do cheiro da mãe, dos amigos da faculdade, dos dias leves e sorridentes, dos amores. Dos grandes amores. Lembrou-se de Xavier e da vida na França, de como se amaram como nos filmes, lembrou-se do dia do seu casamento, do seu espanto com todo aquele aparato matrimonial, de como se ressentira fácil com Marcelo por ele não ter lhe dado o dia perfeito, por não ter lhe salvado de si mesma, dela e de sua infância conturbada, de não ter chegado à tempo para arrancá-la das mãos duras do pai, de desviá-la dos dedos rijos do velho da mercearia e do seu sexo úmido e pontiagudo.

Mas nessas horas não achava que as coisas deveriam ter sido realmente diferentes. Sua vida havia sido trágica e boa, cruel e satisfatória, aterrorizante e feliz. Afinal havia tantas pessoas vivendo a mesma coisa, escrevendo a mesma história, pensava então que não havia nada de especial nela, além do fato de ter estado viva, fundamentalmente viva em toda a sua trajetória e esse era um orgulho que ninguém lhe tiraria. Havia pulsado pelo mundo, latejado junto com ele, nunca se esquivou de seus batimentos cardíacos. Nunca.

Marcelo. O relâmpago novamente, atravessando o seu cérebro como se sua cabeça inteira fosse um para-raio. Sim, ela o havia amado. Sim, havia sido amada por ele. Sim, havia sido bonito. Sim, ela havia vencido o mundo e toda a sua crueldade, e toda sua beleza. Sentira a vida em cada fibra do seu ser. Não se negara. Abraçara as sombras, festejara a luz. Nessas horas seu corpo parecia reanimado por outra alma, pequenas fagulhas percorrendo as sinapses envelhecidas, um frio bom lhe subindo pela barriga, uma sensação de conforto lhe invadindo o peito, e era então que sorria. Sim, viveria. Em algum lugar além daquele corpo inútil, viveria, viveria na lembrança de alguém, até mesmo na dor que havia causado a alguém. Viveria na foto esmaecida no fundo de uma gaveta, nas mãos pequenas de uma criança que perguntaria "Quem é essa?" E alguém diria, "Essa foi…" Viveria nas páginas de um livro, na saliva amargurada de um homem, no sorriso de uma lembrança alegre de uma amiga, viveria. Nessas horas, uma onda de calmaria e doçura lhe invadia o peito e então ela levitava. Era feliz e tinha paz. A morfina.

SAIR DA ÁGUA

Respirar era difícil, se mover era difícil, seus pulmões queimando, o corpo inteiro tremulando, ela sabia que logo viria: o frio intenso, em seguida uma febre que lhe adormeceria o corpo, então seu organismo inteiro, seu sistema de vida entraria em pane e desligaria, o fechar das cortinas. O corpo é tão inteligente, dentro dele milhares de células, obedecendo ao fluxo do sangue, às sinapses cerebrais como pequenas faíscas, correndo, se comunicando, se comunicando, dizendo que era chegada a hora de cessar as atividades. Nada mais poderia ser feito por aquela mulher. Aquela mulher que morria, aquela mulher que queria tanto deixar de existir, que desejava o escuro, o bunker escuro e hermético no fundo da água, no fundo do mar, o bunker que seria visitado por peixes exóticos, que testemunharia tsunamis, que ruminaria a calmaria dos dias e o silêncio sem fim. O bunker de onde corais lhe cobririam o dorso, colorindo a existência, apagando a memória do que fora, o bunker calado e quieto, sem a necessidade do grito, sem a urgência do movimento, o bunker que apenas aceitava. Ah se ela fosse apenas uma coisa! Imóvel, sem vida e sem pensamentos! A agonia de ser então não existiria, ela flutuaria sobre os dias, afundaria na areia grossa, ninguém lhe perguntaria sobre o estado das coisas internas, ninguém lhe exigiria prestação de contas. Ah, em estado de coisa ela não teria um Deus para temer e amar, um lugar aonde chegar. Em estado de coisa ela não feriria e não seria ferida. Em estado de coisa ela não mataria Marcelo. Marcelo, estava morto? Ela não sabia. Ali, naquele estado ela não sabia. Ela andava esquecendo tanta coisa, a apneia lhe exigia muito. Ia já seu corpo se transformando em outra matéria orgânica, não era peixe, jamais seria peixe, mas era algo mole e perfurável, a água lhe inchando os músculos, tornando sua carne esponjosa e pesada, era uma outra coisa, não era mulher, não era gente, não era nada. Era tão bom não ser nada! Naquele estado ela não lembraria do pai fazendo-a descobrir seus orifícios, ela debruçada e espantada sobre o próprio sexo, o pai lhe ensinando o caminho, um mundo tão grande e vertiginoso morava dentro dela! Naquele estado ela não gozaria junto com o pai, não gozaria de todo, não teria o desgosto da volta à carne após o orgasmo, a constatação de se estar vivo e agonizante. Naquele estado ela não teria mãos e nem consciência ou inteligência prática para contar pílulas, para macerar o pó de cápsulas, para administrar doses, naquele estado ela não mataria e nem morreria, apenas permaneceria sem consciência alguma dessa permanência. Pensou que as coisas é que eram felizes. As coisas que sem existirem nunca eram por acaso. Sim, se entregaria em breve ao fim, o que mais poderia esperar da vida?

Vivera tanto, sofrera muito, fora feliz, conhecera o arrebatamento do gozo de um homem dentro dela, depois o seu amor terno e lento se movendo sobre ela, beijando sua pele, tentando cicatrizar os cortes, pedindo em silêncio que ela se curasse. Mas ela não se curaria, dentro dela sempre a fera enjaulada e hostil, acostumada ao sangue, habituada a sangrar e a fazer sangrar. "É preciso tomar cuidado quando ao ser atingido pela coisa, não se tornar a própria coisa". Ela não tomou cuidado, era sempre tarde demais, mesmo para a menina pequena, era sempre tarde demais. Sabia do seu fim trágico desde os primeiros dias da infância, sabia. E não fizera grande coisa para mudar isso. Seu corpo era uma máquina insone, acostumado à violência, feito para a violência, era apenas natural que também fosse violento. E isso jamais acabaria sozinho. A não ser que ela intervisse. Somente um ato duro e seco a livraria daquele corpo em chamas; a morte, as toneladas de água sobre ele, amolecendo-o, calando, calando-o. Ela não temia. Ansiava o fim.

"Sede", de repente ela ouviu. Sua própria voz. "Sede". Quanto tempo ali? Queria tanto o fim, e mesmo assim o corpo, o mesmo corpo estigmatizado e traumatizado pedindo socorro. "Sede". "Água". A voz dizia. Abriu os olhos. Naquele corpo agora estranho, quase sobrenatural, ainda morava a chama, a fagulha de vida que a fazia questionar tudo, principalmente a si mesma. E se houvesse outro modo? E se houvesse outro fim? A pequena faísca debatia-se dentro do instrumento pesado que seu corpo se transformava, a pequena chama tentando fugir da lápide construída, do cárcere inventado de carne, a pequena fagulha queria a vida. E se houvesse outro modo? E o amor?

E o amor? A voz dizia. O fogo dela começando a crepitar alto. O bunker se fechando, o mar se avolumando sobre a chama tentando apagá-la. Inútil, inútil! Inútil o amor! O corpo dizia. A chama lutava, e no estado de quase morta, de quase coisa, Ana se perguntava; haveria então uma alma? O corpo seria apenas uma caixa, um depósito onde guardamos tudo de forma desorganizada? Dentro dela então existia uma alma límpida e sem mácula? Sem as marcas das mãos do velho da mercearia, do pai embriagado, sem as marcas das mãos dela própria, ela que feria e matava? A chama agigantou-se, como quem esperasse pela constatação de que ela existia, queria ser vista, foi vista. E queimou-a inteira por dentro. Estava viva. Viva. Viva. Não importa o quanto de escuridão as circunstâncias tivessem colocado sobre ela. Não importa o quanto ela mesma tivesse tecido o extenso e escuro manto sobre sua cabeça, ela estava viva. E precisava respirar. "Sede". "Água". A voz repetia. Olhou para cima. A luz, a luz. O sol sobre a água, perfurando a água, projetando mil arabescos luminosos, a luz perfurando o bunker, abrindo todas as comportas, inundando, inundando, a luz clareando, recompondo, recompondo. Abriu os braços e nadou. Precisava chegar à superfície.

Claro, claro, claro....

NA SUPERFÍCIE

Às vezes a única coisa a ser feita é andar.
   Mas as coisas mais simples são sem dúvida as mais difíceis.

A LUZ

Chegou na borda da água como um torpedo, o corpo inteiro se projetando, buscando o sol, o ar, a vida. Abriu os olhos, o sol lhe feria as retinas, lhe queimava a pele, era muito bem-vinda aquela sensação. Olhou à sua frente: a praia, as pessoas, a vida, a vida pacata e normal diante dela, desfilando, acontecendo, acontecendo. Passantes, banhistas, crianças, velhos, a vida. Nadou alguns metros, nunca se sentiu tão forte, o bunker arrebentado ficando para o fundo da água, a pele velha e marcada afundando junto com ele, ela agora seria outra, merecia uma segunda pele, não tinha então outro nome? Pisou em terra firme, ainda dentro d'água, mas firme, diferente do fundo. Caminhou. O sol sobre os cabelos agora loiros e mais curtos, na altura dos ombros, a pele bronzeada por tantos dias de exposição naquela mesma praia. A praia pequena entre Lisboa e Cascais. Paredes. O lugar em que morava já há seis meses. Desde que saíra da prisão para sua antiga casa, a casa em que morara com a senhora franzina, o apartamento alto e triste de grandes janelas, lugar onde aguardaria o julgamento pelo crime cometido, os dias duros e longos, as noites insones e secas. De novo a menina se esgueirando pelos cantos da casa, deitada no chão da cozinha, desenhando formas geométricas no ar. Depois o envelope deixado na portaria do prédio, um passaporte com o rosto dela e outro nome, outra nacionalidade. Passagens para fora do país. Primeiro para Argentina, onde foi de ônibus, depois para Paris e enfim Portugal. A casa alugada em seu nome na pequena cidade, os armários da cozinha cheios de suprimentos, vestidos novos, sapatos. A vida nova, tranquila e serena, com o mar à sua disposição para lhe curar, para lavar tudo, para lavar sempre tudo. Acenou para o homem que lhe esperava na cadeira de madeira fincada na areia da praia, o guarda-sol protegendo-a do calor ardente de Julho, o Umbrellone vermelho, o homem que havia orquestrado sua fuga do país, que lhe dera um novo nome, uma nova vida, o homem que amava. Marcelo.

    Marcelo a encontrou um mês depois da chegada dela. Saindo do coma, entendeu o que havia acontecido. Sabia que Ana seria julgada por tentativa de homicídio, ninguém entenderia os detalhes delicados que ornamentavam a alma daquela mulher. Ana presa, para sempre torturada, torturada pelas outras presas, pela lembrança do pai e de todos os velhos que haviam massacrado sua existência. Não fez perguntas, conseguiu os documentos, vendeu as propriedades que possuía, o negócio do pai. A família entendeu que ele quisesse ficar longe de tudo, do trauma do coma, da quase morte, da esposa agora fugitiva. Ele não explicou nada, cortou laços, queria ser livre e pequeno como quando era menino, quando andava pela praia sonhando em construir pontes. Queria ficar pequeno para caber nos braços de Ana. Ela que era seu mar. Naquele lugar amavam-se, curavam-se, do passado nada diziam. Aos poucos uma nova mulher aparecendo, serena, grandiosa, pacífica. Tudo que ela seria não fosse a intervenção cruel e inicial de outros. Marcelo, como um ourives, tentava desentortar o molde, dar-lhe outra forma, apontar-lhe outra direção, tamanho era o carinho que tinha por aquela criatura, aquela matéria prima tão rude, tão pulsante, tão brilhante e corrosiva. A sua Ana. O seu ouro em chamas.

Beijaram-se na praia, ele enxugando o corpo dela, ela sorrindo, estavam felizes.

O LAR

Os dias passavam. Doces, ternos, comedidos. No sobrado amplo e simples, os ecos das risadas, do amor dos dois, a paz. A casa ficava no final de uma rua pequena, ornamentada por grandes castanholas com folhagem verde e marrom-rubro. A casa decorada com móveis claros, temas marítimos, o mar. O mar, o sempre e azul mar entrando pelas janelas, soprando as cortinas, a brisa umedecendo a pele, adormecendo os músculos, o céu azul da quase Lisboa, o cheiro dos fogareiros acesos dos vizinhos, os peixes assados nos quintais, as crianças brincando nas ruas, Ana e Marcelo sendo cumprimentados pelos passantes, os turistas do trem vindo da capital, os turistas que os observavam imaginando um casal feliz e sem dramas, o novo cão saltitando ao longo da cerca, latindo para aquela lagarta de ferro que se dobrava inteira nas curvas para levar um monte de gente até Cascais. A casa cheirando a maresia e alecrim. Ana e seus cabelos agora dourados, quase amarelos como o sol, a pele queimada, toda ela transmutada e leve. Era feliz.

Arrumava a casa. No canto da sala, caixas a serem abertas, objetos vindos do Brasil. Material de trabalho de Marcelo, ele agora consultor financeiro, trabalhava alguns dias por semana, poucos, queria ficar sempre perto dela. Ana abriu as caixas, queria a casa pronta, sem entulhos, reconheceu a papelada que ficava no escritório da antiga residência, os objetos de Marcelo, arrumou-os com delicadeza e capricho na estante, em outras caixas, pertences dela que ele carinhosamente guardara, os livros preferidos, os álbuns de fotos de férias, de casamento, uma ou outra escultura pequena adquirida em suas viagens, vibrou ao rever a velha vitrola, sua coleção de discos, paixão antiga que a arrebatava, que lhe deixava em estado quase infantil, ligou-a. Ouviu meia dúzia de discos, lembrou-se da infância, dos raros dias amenos e claros, onde se respirava, lembrou o cheiro da mãe, sentia ternura, não tinha saudades. De algum modo vencera aquilo tudo, vencera. Os dias nublados ficando pra trás.

Abriu outras caixas, objetos de cozinha, latinhas pequenas e coloridas de chás, um ou outro livro de receitas comprado na França, espátulas e colheres de madeira, talvez cozinhasse aquela noite. Abriu outra caixa, nela objetos de beleza, escova de cabelo, pinças, pincéis de maquiagem, seu batom preferido, que agora ela não sabia se combinaria com sua nova cor de cabelo ou com seu novo tom de pele. Em meio aos produtos, uma necessaire de remédios, Dipirona, comprimidos para azia de Marcelo, calmantes que ela tomava nos momentos mais difíceis, nas noites sem ar. E no meio deles, o frasco de comprimidos, as mesmas cápsulas alaranjadas de antes, compradas em uma daquelas tardes em que ela sufocava. Suas mãos tremeram. Estava na cozinha. Lembrou-se de outros dias em outra cozinha, quando tudo era nebuloso e denso. Mas agora estava tudo claro, o céu da quase Lisboa, o mar lhe invadindo a casa, a brisa lhe invadindo as narinas, curando, curando. Sua respiração ficou descompassada. Amava e era amada. Nada mais havia a temer. Pensou nos adictos e na sua luta para se livrarem da droga, vira num filme um deles jogando o conteúdo de um frasco de comprimidos na pia da cozinha. Era isso. Ela só precisava fazer isso. E tudo ficaria pra trás. Nunca mais o sangue, nunca mais a morte em suas mãos. Nunca mais.

Abriu a torneira, olhava para a pia, para a água jorrando, para o frasco de comprimidos, o amor era bom e claro, nada havia de escuro. Lembrou-se do livro do Gibran, do estrangeiro caminhando pela praia numa tarde de sol, o estrangeiro que ansiava por uma vida amena, que fazia planos, que queria esquecer o passado. O estrangeiro que teve sua rota mudada pela mão violenta de outro, pelo raio de sol que lhe ofuscou os sentidos, fazendo acordar a fera enjaulada, o dedo rápido no gatilho, os tiros, os tiros. O impulso, o modo, o sempre modo de se defender antes da dor maior, antes da dor da perda. Lembrou-se do final do livro, do estrangeiro julgado, narrando os fatos como se fosse outra pessoa, ela agora também era outra pessoa. De certo modo apagava-se, matava-se para que alguém sobrevivesse. Para que os dois vivessem, para que ela e Marcelo vivessem, Ana morria e agora tinha outro nome. Pensou que era o certo a ser feito. Não sucumbir à sina, não repetir a tragédia, não copiar o amor dos pais, amor feito de paixão e sangue, amor das noites atormentadas, dos móveis quebrados, dos gritos, mas isso era algo difícil de conseguir porque depois do amor terno, Ana achava que esse era o único caminho. Não sabia o que fazer com o vazio depois disso. Não sabia gerenciar a calma. Conhecia apenas a guerra, os amantes como duas feras sugando jugulares, sangrando, sangrando até a morte. "Como amar assim e continuar vivo?", o pai lhe dissera um dia, no intervalo de uma das brigas com a mãe. Ela escondida no vão entre a geladeira e pia da cozinha, ele vasculhando as gavetas atrás de uma faca. A mãe chorando no cômodo ao lado. "É melhor morrer ou matar o amor. Porque depois dele, em paz é que não se vive", ele dissera. Incomumente ele não estava bêbado naquela tarde. Parecia muito calmo e decidido a matar o que lhe amedrontava. Ana o amava.

Mas queria mais da vida, mais além de copiar dos pais a tragédia, queria o lugar alto e seguro da existência, ficar na estante fixa da vida normal, não cair no vão das coisas, não cair no chão da sala, não cair no vão frio entre a geladeira e a pia da cozinha. Não temeria o amor, Marcelo não era um gigante, era apenas um homem e ela não era mais uma menina pequena. Sim, viveria, envelheceria um dia, livre de todas as lembranças, os dois velhos e juntos, ruminando os dias, não temeriam a morte, conheceriam o amor.

Suas mãos tremulavam, o frasco entre os dedos. Ela tinha que conseguir: abrir a tampa, sem se cortar dessa vez, jogar o conteúdo na pia, abrir a torneira, deixar a água diluir tudo, era muito simples. E o claro dos dias venceria, e ela não mais precisaria mergulhar para dentro de si mesma, tentar se resgatar do lodo escuro, sua vida seria feita de caminhadas na praia,

Marcelo ao seu lado, segurando sua mão. O amor era algo bom e possível, Marcelo inteiro e possível, perto dela, dentro dela, deslizando sobre ela, enchendo-a inteira, até que dela não sobrasse mais nada, até que ela fosse mais pedaços dele do que dela, que fossem embora as partes machucadas, que sumissem as marcas da pele, as marcas das mãos. Marcelo doce e terno sobre ela, amando-a, amando-a, ensinando-a a amar, entregando a ela sua infância segura de menino afortunado, entregando a ela a segurança dos seus dias felizes. Marcelo construindo sobre ela, sobre o mar revolto que ela era uma ponte sólida e clara. Ponte por onde os dois caminhariam sem medo. O amor.

Sim, apenas um gesto a separava disso tudo. Bastava que ela atravessasse a ponte da normalidade e caminhasse até ele e então as sombras nunca mais a alcançariam. Abriu o frasco. Dentro dele as cápsulas, esperando, esperando. A pressão da água da torneira fazendo barulho, pedindo, pedindo. A água. Observou-a por longos minutos. Fechou a tampa do frasco. Abriu a porta do armário sobre a pia. Guardou-o na parte mais alta. Dentro dele todas as cápsulas ainda intactas. Esperando, esperando. Afinal a água não lavava tudo. Ela errava tanto...

Fim

ÍNDICE

Claro, claro, claro..., 9
Escuro, escuro, escuro..., 11
Sangue, 15
A casa, 20
A água, 22
A decisão, 27
A fábula, 29
O rio, 32
No mar, 34
Líquido, líquido, líquido..., 35
Fome, 40
O cárcere, 42
O ato, 49
Em casa, 52
A menina, 55
É preciso tomar cuidado, 60
O cotidiano, 64

Paredes, 69

O observatório, 73

Marcelo, 77

A procissão, 81

O homem seco, 84

Os passantes, 87

Carta ao pai, 91

Vertigem, 94

O médico, 97

No hospital, 102

Não. Não tenho medo..., 105

A visita à família, 108

No fim, 117

Sair da água, 124

Na superfície, 128

A luz, 129

O lar, 132

Contatos: beapoetisa@gmail.com
https://www.facebook.com/beatriz.aquino.77
@beaaquinoatriz

© 2023 Beatriz Aquino.
Todos os direitos desta edição reservados à Laranja Original.

www.laranjaoriginal.com.br

Edição Filipe Moreau
Projeto gráfico e capa Marcelo Girard
Revisão Julia Páteo
Produção executiva Bruna Lima
Diagramação IMG3
Imagem da capa iStock

Dados Internacionais de Catalogação na Publicação (CIP)
(Câmara Brasileira do Livro, SP, Brasil)

Aquino, Beatriz
  Fundo / Beatriz Aquino. – 1. ed. – São Paulo : Editora Laranja Original, 2023. – (Coleção rosa manga)

  ISBN 978-65-86042-88-7

  1. Romance brasileiro I. Título. II. Série.

23-179393   CDD-B869.3

Índices para catálogo sistemático:
  1. Romances : Literatura brasileira B869.3
Aline Graziele Benitez - Bibliotecária - CRB-1/3129

Laranja Original Editora e Produtora Eireli
Rua Capote Valente, 1.198
05409-003 São Paulo SP
Tel. 11 3062-3040
contato@laranjaoriginal.com.br

Fontes Janson, Geometric
Papel Avena 80 g/m²
Impressão Psi7/Book7
Tiragem 200 exemplares
Dezembro de 2023